U0939252

愛拚才會贏

雲漫題

荣在奇 著

图书在版编目（CIP）数据

爱拼才会赢 / 荣在奇著. --北京：中国文联出版社，2018.3（2023.3 重印）

ISBN 978-7-5190-3542-6

Ⅰ.①爱… Ⅱ.①荣… Ⅲ.①传记文学—中国—当代 Ⅳ.①I25

中国版本图书馆 CIP 数据核字（2018）第 044987 号

著　　者　荣在奇
责任编辑　周劲松
责任校对　贾文梅
封面设计　晓　攀

出版发行　中国文联出版社有限公司
地　　址　北京市朝阳区农展馆南里 10 号　　邮编　100125
电　　话　010-85923025（发行部）　　85923091（总编室）
经　　销　全国新华书店等
印　　刷　三河市华东印刷有限公司

开　　本　710 毫米×1000 毫米　1/16
印　　张　8.5
字　　数　88 千字
版　　次　2023 年 3 月第 1 版第 2 次印刷
定　　价　58.00 元

国际残疾人游泳冠军张家满

张家满在赛前训练

张家满获得的部分金牌

中国残联主席张海迪在株洲与张家满合影留念

湖南省委原副书记郑培民接见张家满（左一）等模范

湖南省副省长盛茂林接见张家满并合影留念

张家满与中国残联理事长汤小泉（左三）、湖南省残联原理事长邹麦秋（左二）合影

张家满与湖南省残联理事长肖红林（左四）合影

株洲市市委书记贺安杰为获得“株洲市首届吴运铎创业奖”的张家满颁奖

株洲市市委书记贺安杰为获得“株洲市首届吴运铎创业奖”的张家满颁奖

张家满和教练彭承克、陈爱南合影

欢迎汶川地震灾区难友来佳满假肢公司免费装配假肢

湖南佳满假肢矫形技术开发有限公司

株洲佳满康复医院

萍乡佳满康复医院

长沙佳满假肢矫形技术开发有限公司

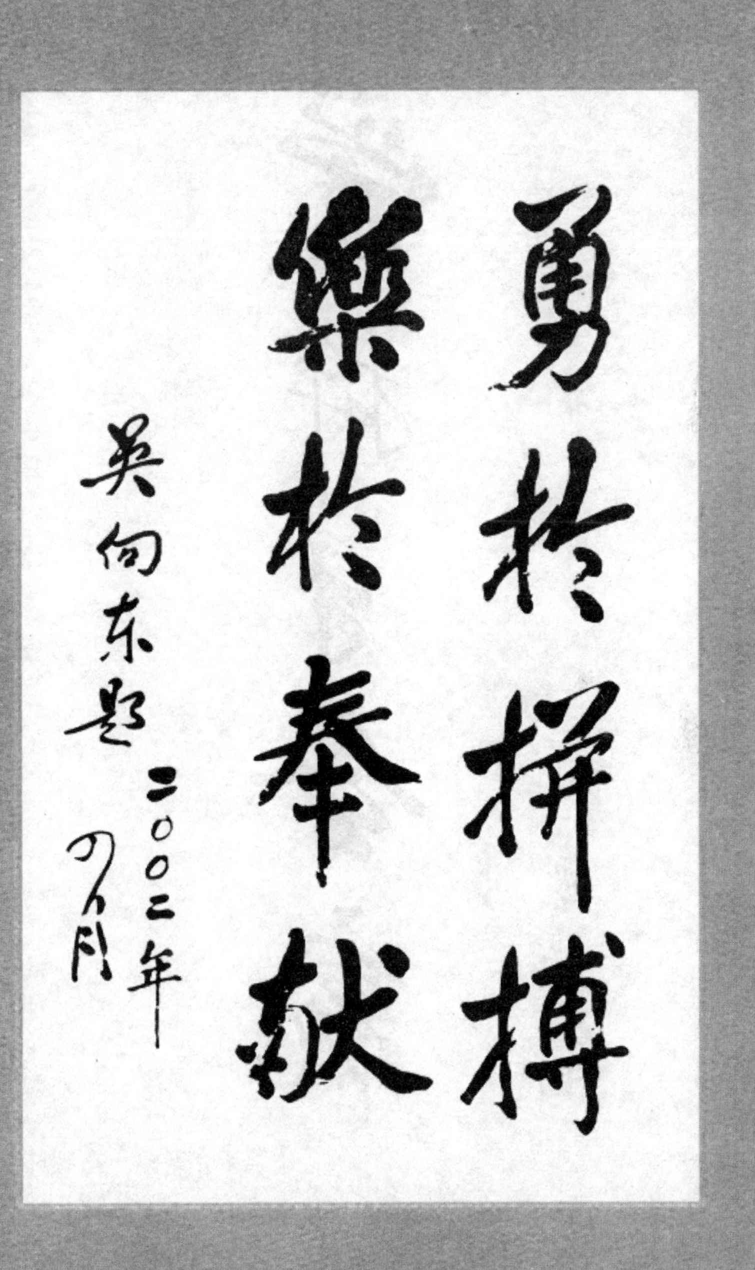

湖南省委原副书记、湖南省人大常委会原副主任吴向东题词

（云富，原名胡云富，北京师范大学教授、博士生导师、著名书法家）

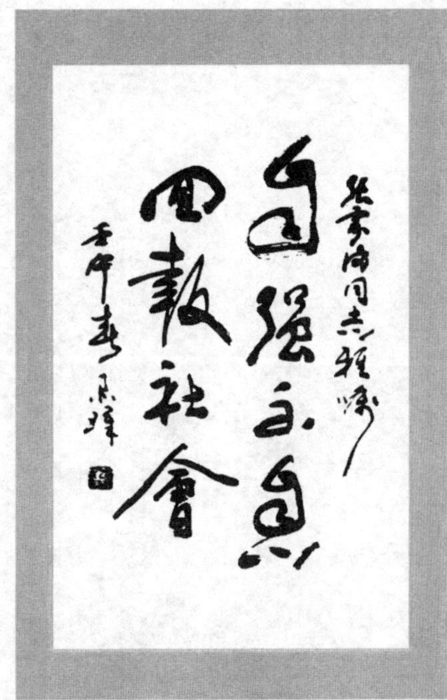

湖南省人大常委、内务司法委员会原主任刘昆璋题词

家满其人拼搏奋进
残疾人之姣者
佳满假肢质优价宜
残疾人之福音

湖南省残联 陈代祥
二○○○年八月十五日

湖南省残联原理事长题词

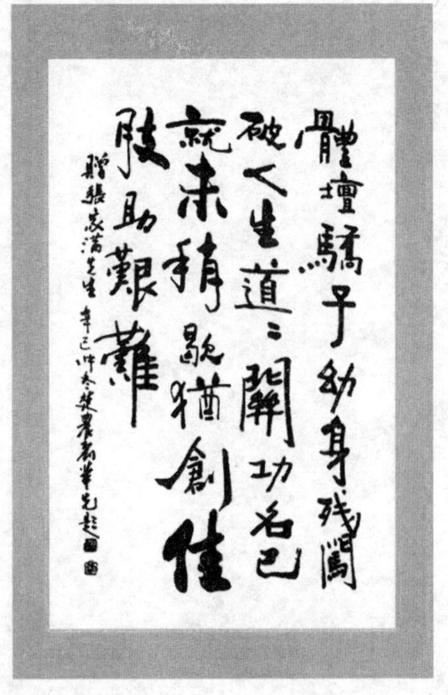

著名书法家刘华先题词

目录

下 篇 逐梦奉献

附 录

序　言

人生是最艰苦的。对于不甘于平庸凡俗的人，那是无日无夜的斗争；对于不甘于命运折磨的残疾人，那更是无穷无尽的战斗。

张家满无疑是这场战斗的胜利者。

他曾因车祸致残，但没有因为这场飞来横祸而沮丧沉沦。他以常人少有的坚定意志与坚韧不拔的毅力，直面人生的厄运。他独腿学会了骑车、打篮球和游泳。后来，他投身残疾人游泳事业，用汗水和泪水打拼出人生的一片新天地，先后夺得了国内、国际游泳比赛 39 枚金牌、10 枚银牌。他不仅为祖国赢得了荣誉，也在残疾人体育史上写下了自己的名字。

生命不息，战斗不止。张家满淡出泳坛后，被破格录用为国家公务员，安排在醴陵市残联工作，端上了令人羡慕的铁饭碗。可是几年后，为了让更多的残疾人接受康复，拥有幸福人生，他毅然放弃了工作，辞职勇闯商海，创办了佳满假肢公司。面对资金、技术缺乏、开拓市场难的重重困难，他咬紧牙关，凭着自己的拼劲与闯劲，用十余年的时间，将一个只有 3 个员工的家庭式作坊，发展为全国业内知名企业。为了管理好公司，没有进过大学校门的他，凭借自己的勤奋努力和锲而不舍的精神，先后获得经济管理专业的大专和本科文凭，成为有名的假肢和矫形器制作技师，并被湖南省中医药高等专科学校聘为兼职教授。

张家满用自己的奋斗史诠释了“爱拼才会赢”的真理，用自己的人生历程绘出了爱拼就美丽的画卷。不仅如此，他还用自己的实际行动助残帮困，回报社会，将自己的爱心奉献给了更多的残疾人朋友。十几年来，张家满初心不改，装配和更换了假肢 25000 多人次，为 20 多万伤病人装配了各类矫形器，并先后为灾区和贫困地区捐款 200 多万元，为家庭贫困的伤残患者减免食宿费 100 多万元。

弯下身子帮助别人站起来，这是对心灵最好的升华。

荣在奇先生撰写的《爱拼才会赢》，生动而真实地再现了张家满的人生经历，展示了他的精神风貌和思想境界。这恰恰是我们这个社会最需要的。细细品味此书，能使我们感受奋斗的激情，燃起逆境的希望，吸取感恩的营养，激励更多的人拼搏奋进。

人生如逆旅，唯有矢志前行。不论是张家满，还是我，抑或作为读者的你，我们都没有理由停下走向美好未来的脚步。

2017.7.27

（作者系湖南省残联理事长）

写在前面的话

湘东明珠——醴陵，是一方古老而神奇的热土。这里物华天宝，人杰地灵，不仅是“中国陶瓷历史文化名城”和“中国花炮之都”，而且是英才辈出的摇篮。近代以来，醴陵涌现了数十位闻名九州的党政要员、数百位战功赫赫的将军和数以千计的卓有建树的专家学者。百折不挠的民主革命先驱宁调元、胆识过人的工人运动领袖李立三、才华出众的新中国外交家耿飚、湖南和平解放功臣程潜、韬略非凡的八路军副总参谋长左权、机智果断勇猛顽强的红军军长蔡申熙、用兵如神能征善战的杰出战将杨得志、能攻善守屡创奇迹的兵团司令宋时轮、勇冠三军智超群雄的黄埔名将陈明仁、第一个分离出沙眼病毒的微生物学家汤飞凡、放飞“神舟”载人飞船发射场的工程设计大师张泽明、发明神奇材料的多产科学家彭道儒、勇于探索的马克思主义理论家及史学家黎澍、博学多才的现代女作家袁昌英、艺惊四海的军旅书法家李铎、身怀绝技的陶瓷艺术家吴寿棋、亚洲当红明星刘若英、商务骄子全国知名企业家傅军……这一大批醴籍仁人志士，如群星灿烂，光彩夺目，频频为国家、民族争光，为桑梓山河增色。

这里，也孕育了身残志坚、夺金摘银、为国争光的体坛精英张家满。

张家满小时候因车祸致残，他凭借超常的坚强意志、坚韧毅力，顽强拼搏，在平凡中非凡，在极限处挑战，曾勇夺国内外大型游泳比赛 39 枚金牌、10 枚银牌。退役后，他为残疾人康复事业殚精竭虑，做出了重大贡献。他先后创办湖南佳满假肢矫形技术开发有限公司、株洲佳满康复医院、江西萍乡佳满康复医院等 8 家企业，专为伤残人提供康复辅助器具和康复治疗服务，成功实现了从泳坛精英到知名企业家的华丽蜕变。他用激情、意志、智慧创造了一个又一个奇迹，书写了灿烂辉煌的人生传奇。他的品格令人钦佩，他的事迹感人至深，他的精神催人奋进。阅读他的故事，能给人以温暖和前行的力量，能让在打拼中倦怠的人自省自察，洞悉人生意义；而他坚韧、执着、勇于担当的王者品性，又能让在人生中的迷途者喝下自我救赎的心灵鸡汤。

上篇 苦难淬炼

第一章

飞来横祸

渌江，一条充满诗意的秀美河流。它发源于江西萍乡杨岐山。它打破“江水东流”的常规，拐过九道十八湾，西流入醴陵后，像玉带一样环抱着醴陵城。在渌水河畔的醴陵城郊烈士塔村，有个农民叫张振良。他个子不高，不爱说话，但力气很大，经常干着到河里捞砂和拉板车运货的苦活。张振良的爱人叫李兰辉，是个典型的菜农，经常挑着满满的两大桶人畜粪去菜地里施肥，蔬菜长好后，她总是选最好的洗得干干净净，挑到离家七八里远的菜市场去卖。夫妻俩起早摸黑，累死累活，可家里却是穷得叮当响。住的是几间破土墙屋，厕所就是搭在离屋十几米远的茅棚，晚上，每个房里放个粪桶大小便。20世纪 80 年代，有人估算他们家的家产总共也就 200 元左右。

苍天不公，命运一次又一次折腾着张振良、李兰辉夫妇。悲剧总是接踵而至，令他俩无法喘息。他俩先后生下 7 个子女。大儿子出生没几天就夭折了，大女儿不幸被火车轧死，还有一个儿子患病无钱医治不幸病亡。1970 年 9 月 20 日，张家喜添一个男丁，张振良想要给这个孩子取个吉利名字，避避晦气，迎来福气。左思右想给他取了“家满”这个名字。心想“家满”这个孩子的降生会改变一家人的命运，因为“张家满”可以念成“张——家满”，也可念成“张家——满”，家里会春色满园，盆满钵满，孩子的一生也会事事满意，处处顺意。小家满出生后也确实长得人见人爱，亲戚朋友、左邻右舍都夸这孩子将来会有出息。可是由于营养不良，小家满不到一岁就得了疳积病，面黄肌瘦，毛发焦枯，到两岁多还不会走路，而且经常便秘。由于无钱看医生，家里只能每天给他寻些马齿苋煮水喝，以缓解便秘。

小家满到 3 岁时才学会走路。他身体不够好，但生性好动，十分调皮，古怪精灵，有一肚子鬼主意，他成了同龄孩子的“孩子王”。他不是将这个孩子打哭了，就是把那个孩子吓跑了，每天总有不少人来向张振良、李兰辉夫妇告状。

天有不测风云，人有旦夕祸福。就在小家满茁壮成长时，一场悲剧彻底地改变了他的人生。

1976 年 12 月 14 日上午，外公外婆来了，给家满买了新衣、新鞋和新书包，小家满高兴得跳起来，把新衣穿在身上，挎着书包，向外公外婆敬了个鞠躬礼，说:“我上学去啦！”逗得外公外婆笑得合不拢嘴。

下午，妈妈到阳三石拖煤。“妈，我也要去！”小家满吵个不停。妈妈想，满儿调皮放在家里姐姐会管不住他，也就答应了。小家满坐在板车的车厢里，得意洋洋，像猴子一样跳上跳下，一会儿跳下来帮妈妈推车，一会儿又爬到车厢里挥手与人打招呼。拉煤返回到汽车保养厂前面时，忽然，家满看见前面路上有几根铁丝，他高兴得马上跳下车去捡。瞬间，一辆萍乡运输公司的汽车呼啸而过，小家满一声尖叫，妈妈回头一看，小家满已经倒在血泊中，即刻晕倒了。过路的几个人把家满迅速送到解放军 167 医院抢救。医师剪开家满的裤子一看，左小腿已经被汽车完全碾碎，一片血肉模糊，甚至还能看见白色的骨头碎片。

张振良得知这一消息后，急速跑到医院。医师告诉他，只有截肢，否则死神就会夺走家满的生命。经过医生会诊研究，考虑日后好给小家满安装假肢，决定千方百计保留膝关节以下的一部分。小家满流血过多，输血迫在眉睫。医生、护士和送小家满到医院的男女青年，都捋起袖子争着献血。

经过医生几个小时的手术，小家满左下肢截去了三分之二。

“等我在手术台苏醒时，我看到一张张脸上还留着未曾抹去的泪痕，是他们及时把我送进了医院，是他们鲜红的血液注入了我的身体，可惜他们都没有留下姓名就走了，至今我都无法感恩他们。”张家满回忆当时情况总是遗憾地说。

小家满在医院住了一个多月，亲戚、邻居都去看他，有的叹息，有的安慰。望着他们擦眼泪，小家满也泪如泉涌，嚎啕大哭：“我要我的腿！”他深知失去一条腿是多大的悲哀，今后的人生该有多么的艰难。爸爸妈妈总是摸着他的头安慰他，但他们俩也总是泪流满面。住院 50 天后，小家满出院了。接连 3 个月妈妈每天背他去医院打针消炎。每天早晚都要给他拉扯按

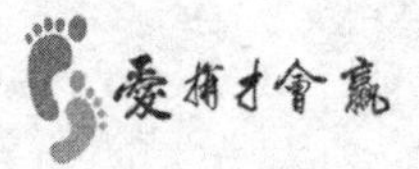

摩残肢，并用盐水清洗，清洗完了，妈妈躲着偷偷一个人痛哭不已。她的心里像针扎一样疼，深深悔恨自己那天不该带家满去拖煤，想到孩子今后的日子，她的心在流血……

第二章

求学遇坎

小家满出院后，爸爸妈妈要去上班，哥哥姐姐必须上学，陪伴他的只是空荡荡的屋子和孤孤单单的拐杖。他孤寂，他烦躁，时不时摔东西，时不时大喊大闹。“我要上学，我要读书！”张振良夫妇很理解小家满，十分同情他，满口答应。从此妈妈每天背着他上学，背着他回家，不管刮风下雨还是下雪，天天如此。

小家满虽然强烈要求上学，可到了学校，却不认真读书。他只有一条腿，还常跟同学打架，上课总是玩东西，甚至叫喊起来。当时小学有个老师因为他不听话常扯他的耳朵，罚他站在教室后面。老师甚至只要求他每堂课听好前 20 分钟，就允许他出去玩，可他还是做不到。他们班的班主任曾几次哭着求校长将家满调到别的班去。不认真读书，成绩自然不好，每学期的期末通知书，小家满一交到爸妈手中，便马上跑开，怕爸爸妈妈揍他。六年级时，教导主任兼数学老师易春桃对家满特别关心，总是寻找他的闪光点表扬他，在生活上像对自己的孩子一样关心得无微不至，还经常带他回家吃饭，补习功课。小家满感到十分温暖，学习十分刻苦，成绩提高很快，到了六年级下学期，小家满的成绩竟在班上名列前茅。

当年上级分配他们学校5个可以报考省属重点中学——醴陵一中的名额，学校决定张家满为其中一个。张家满十分高兴，父母亲更是喜出望外。一中招生考试那天吃早餐，妈妈特地在桌上摆放了两双筷子，两个鸡蛋，寓意语文数学“双百分”。早餐后，妈妈满心欢喜背着家满早早来到考场，一中的有关领导见他是残疾，竟然不让进场考试。意想不到的晴天霹雳，把家满炸哭了，妈妈忍气吞声，一口气把家满背回了家，躲到楼上哭了不知多久。

不久，市属重点中学——醴陵四中，又举行新生招生考试，学校又让家满去参加考试。这次很幸运，四中的监考老师允许家满进场考试。家满十分高兴，做起考题来十分顺畅。两场考试结束后，他把答案告诉老师，老师一对标准答案，觉得这次家满考取四中会是“坛子里捉乌龟——十拿九稳”，必取无疑。

世界上的事情，常常出乎人们的意料。一家人都沉浸在家满有望考取四中的喜悦中，可是看榜那天，大红榜上却没有“张家满”三个字。老师感到纳闷，爸爸妈妈和家满感到奇怪，爸爸强烈要求查分，但是学校不由分说就是不同意。爸爸妈妈心知肚明了，四中不准家满上学的的谜底，不就是因为他少了一条腿。爸爸大骂学校不公，国家明明规定要关心照顾残疾人，可学校却把他拒之门外。妈妈痛悔出事那天自己没有照顾好孩子，深感愧疚，深深自责。

爸爸气急之下，又安慰家满：“不读重点中学，到普通中学一样是读书，不是说金子不论放到哪里都会发光吗？”

省属重点中学、市属重点中学的门槛都踏不进，张家满按教育局的划分到普通中学——解放塘中学去读书。国家有普及九年制义务教育的硬性规定，解放塘中学无法将家满拒之门外。学校见他残疾只是婉言劝他：“这里离你们家有 9 里路远，你妈背你上学实在太辛苦，你去教育局申请一下，还是到四中去读！”

“我孩子哪里也不去，就只到你们学校读，我不怕累，保证家满每天不迟到！”妈妈斩钉截铁地说。

解放塘中学有个姓肖的物理老师经常利用业余时间帮人维修家电。张家满的爸爸妈妈一再恳求他收张家满为徒，目的是想日后家满能开个家电维修小店维生。

随着年龄和知识的增长，张家满越来越懂事，每当看到妈妈背着他汗流浃背、气喘吁吁时，他就感到内疚和不安，泪水常常浸透他的心。他想：“要是我能学会骑自行车该有多好啊……”

一天，他正在姐姐背上入迷地看《无脚飞将军》的连环画，心想：“英雄无脚飞，真行；我还有一条腿呢，怎么没胆量骑自行车呢？”这时，正好一个童年的伙伴骑着自行车，飞快地从身边掠过，他骄傲地回头朝张家满嚷道：“满伢子，有种也像我一样骑车呗！”这话深深地刺痛了张家满的心，像被人朝脸上吐了口唾沫似的，顿时脸涨得通红。可怜他无奈，只好把这口气憋在肚子里。他暗暗地咬牙，心想我也一定要学会骑自行车，让你看看。

于是，他趁亲人不在家时，就偷偷地拄着拐杖，扶着姐姐的自行车出门，背着亲人的耳目，到人少宽阔的地方去苦练骑车。张家满身子只有单车那么高，又只有一条腿，要学会骑车，实在是太难了。很多人都劝他别学，别把仅有一条好腿也摔断了。但他不甘心，决心要圆骑车梦。但是他一扶住车子，人就失去了平衡；刚刚爬上去，人就摔了下来，他总是摔得鼻青脸肿，头破血流。

姐姐心疼地帮他擦洗着手上身上的血污，眼泪不断地掉下来："家满，我宁愿背你一辈子，也不忍心让你摔成这血肉模糊的样子。"

张家满却一个劲地傻笑着："好姐姐，'吃一堑，长一智'嘛。只要有决心，不管什么困难我都能克服，我只要学会了骑车，你们就彻底解放啦！"姐姐一瞪眼，"狠狠"地在小满的屁股上拍了一巴掌说："你能行吗？"

张家满反复琢磨来琢磨去，左也试，右也试，练了一天又一天。无数次跌倒，无数次摔伤，无数次爬起。功夫不负有心人，终于学会了用独腿骑车，只是速度很慢。后来，他又试着将拐杖倒转来，用撑腋下的横杠放在无腿那边的踏板上，代替脚踩自行车。这个方法居然很奏效，凭着家满的拼劲和悟性，他很快就能在崎岖小路上骑车自如了。后来，他车上竟还可以带人。从此，他上学再也不要爸爸妈妈接送了，他心里感到特别惬意，仿佛上天在告诉他，人生就没有过不去的坎，只要敢拼敢闯，就能战胜自己，一切皆有可能。过往的行人看到张家满自如地骑自行车，都说:“真是想不到，他一条腿骑车竟骑得这么好！”家满听到别人的赞许，心里自然是乐滋滋的。从此，他无所畏惧，自己想学想干的事，就会拼命去学去干，不学会不干成决不罢休。不久，张家满又凭着这股拼劲和韧劲，学会了与正常孩子一起打篮球。

第三章

渌江张顺

张家满的家里紧靠渌江河，他从小就与渌江河结下了不解之缘。渌江河水清澈，河床由浅入深，河水缓缓流淌，是孩子们经常戏水、游泳的好地方。张家满很小就跟着哥哥到河边玩。看到别的孩子在河里像鱼儿一样游来游去，有时沉入水里，有时懒懒地仰浮在水面上，有时踩水打水仗，你追我赶，那高兴的样子真是无法形容，张家满羡慕极了。8岁时，他决心要跟哥哥学游泳。

小孩学游泳本不是一桩难事，但是对于少了一条腿的张家满来说却是十分艰难，第一次学闭气和潜水，水就呛进了鼻孔，鼻子酸酸的，虽然有点害怕，但他鼓起勇气，马上又闭气把头潜入水里，经过多次试验，张家满学会了潜水。但是打水和夹水，由于少了一条腿，就特别难了，总是游不了多远就呛水，呛得鼻子好酸好疼，但张家满一点也不在乎，他认为别人能做的事，自己也一定能做，别人有的快乐，自己不能没有。他一次又一次地练习，终于学会了夹水和打水了，能独自一人在河里游来游去，并且越游越快。他人生第一次尝到了战胜自我获得成功的滋味。后来他几乎游得上了瘾，整天只想泡在水里。

有次家里煮猪潲，妈妈因事外出，交待张家满约过20分钟关火。

“好，好！”张家满满口答应。可是等妈妈一出门，他就一溜烟到河里游泳去了，等妈妈回来，厨房里满屋一股焦味，一看一锅猪潲被烧得黑乎乎的。妈妈气鼓鼓地跑到河边要找张家满算账，见他在河中游泳，大骂“你这龟崽子！”顺手捡起一块石头，摔过去，张家满见势不妙，急忙向水下一沉，很久都不浮出水面。妈妈又急了，大喊：“满伢子，只要下次不这样，今天就算了。”张家满上岸后随妈妈回到家里，一顿“竹板炒肉”当然还是少不了的。

端午节那天，醴陵市在渌江桥河段举行龙舟大赛，万人空巷，人山人海，热闹非凡。可张家满却不肯去看热闹，而是约了几个同伴进行游泳比赛。他们一次次地赛过去，又一次次地赛回来，次次都是张家满第一。他沉浸在胜利的喜悦中，连午餐也忘记回去吃。

午后，乌云密布，狂风大作，小伙伴们三三两两地上岸了，只有张家满还在对岸忘乎所以，大家都招呼他回来。此时，恶浪冲天，惊涛拍岸，张家满不顾一切地往回游，小伙伴都为他捏了一把汗。忽然，一个大浪扑来，小家满不见了，大家都紧缩成一团。一会儿又见张家满浮出水面，一连三次，张家满都闯过来了。突然，大浪排空。他已精疲力竭，慢慢往下沉。小伙伴大声呼救:“来人啦!快来救人啦!”张家满的哥哥和叔叔一齐赶来，跃入水中，在岸上人的指点下，才七手八脚把他抱上岸来，然而张家满却不敢回家，怕爸爸狠揍，天黑后才从后门溜回家中，躲在楼上的一口大木箱里。由于疲劳过度，一眨眼就睡着了。

爸爸妈妈收工回来，不见张家满的踪影。妈妈泣不成声，爸爸急得顿足捶胸，大骂张家满的哥哥姐姐失责。他们赶快去寻找，左邻右舍都被惊动了，有的十分同情，主动帮忙，到池塘里和河边上去寻找；有的坐视不动，发泄怨气:“浸死一个也好，免得我们的瓜果落不得世。”张家满的父母听了，既痛且怨。一直到晚上10点，张家满才被闹醒，走下楼来，大家又喜又骂。妈妈抱着他眼泪纵横。

一天家里来了个算命先生。妈妈决定请先生给张家满算个“八字”，希望先生预测一下这孩子“八字”到底好不好。算命先生听妈妈报了生辰后，用大拇指在其他四个指头上点来点去，然后，故作神态，把他早已听说过的张家满的情况一点一滴慢慢道来:“这孩子今年9岁，生性好动，调皮，是吗?”

“先生说得对，是很调皮。”

“这孩子调皮而且胆子大，有闯劲，别人不敢做的事他敢做，别人做不到的事他能做得到。”接着他又说，“这孩子6岁曾遭一难，本应损命，幸好有菩萨保佑，才过险关。”

“对，他6岁时遭车祸，险些丧命。”

“这孩子，‘八字’上与水十分相生，不知会不会洗冷水澡(游泳，醴陵话叫‘洗冷水澡’)?”

“会，还蛮会！”

“我看你们家姓张，这与你们张家的血脉有关，《水浒传》里不是有个天损星叫浪里白条的张顺吗？他在水里可伏7天7夜，穿梭水面快速无比，是梁山水性最好的，曾和李逵并称‘黑白水陆双煞’，曾率水鬼营凿沉高俅海鳅大海船，威镇天下，我看这孩子也许是张顺转世。”

算命先生停了停，又用大拇指在其他四个指头上点来点去，接着又说：“这孩子将来会大有出息，他会是靠水吃饭，靠水升官，靠水发财。嫂子，这孩子你不要担心他将来的生活，他‘八字’上是强爹娘，胜祖宗，说话有人信，喝酒有人敬。同时，你这孩子是破日出生，破日破世界，他会走遍全世界，你们等着享他的福就是。”

妈妈越听越觉得他算得准，算得好，算得她心里乐开了花。

算命先生觉得是开价的时候了，说：“嫂子，一般人的‘八字’是5元钱一个，你这孩子的‘八字’太好了，最少最少也要20元钱。”

虽然家里经济困难，妈妈还是十分乐意将20元钱恭恭敬敬递到算命先生手中。

算命先生走后，妈妈把家满的“八字”跟家里人和左邻右舍一说，张家满是张顺转世，是渌江河里的浪里白条一下子传开了。张家满也自认为自己就是张顺了。

第四章

初露锋芒

1986年，醴陵市游泳业余体校为了发展残疾人游泳事业，四处物色有一定游泳技能的残疾人进行培训。校长彭承克要求全校工作人员到各处打听寻访。

一天，张家满骑着自行车路过醴陵城区东门上巫家湾时，突然听到有人在招呼他。他停车一看，原来是一位漂亮阿姨在喊他。

这阿姨叫丁建平，是市游泳业余体校一位教练的夫人。她问张家满："喂！小朋友，你的自行车骑得这么好，请问你会游泳吗？"

"我会！不是吹牛，我比正常孩子还游得快。"

"好！那我推荐你到市业余游泳体校去训练。"

张家满万万没有想到，丁建平竟是他遇到的一位"贵人"。命运曾经为他关掉一扇门，丁建平却为他打开了一扇窗，她引领着张家满将迈进精彩人生的门槛。

7月20日，张家满兴高采烈地来到醴陵市业余游泳体校，校长彭承克热情地接待他。

彭承克是国家高级游泳教练、国家一级游泳裁判、“新中国体育开拓者”荣誉奖章获得者、湖南省游泳队优秀教练。为发展家乡游泳事业，1962年6月，他满怀激情地从省游泳队回到家乡担任醴陵游泳业余体校校长。由于他的正确领导和全校教练的努力，醴陵的游泳事业得到了飞速发展。1962年至1986年，醴陵参加湖南省游泳比赛，次次获得团体总分第一名。1964年，省20个游泳比赛项目，醴陵竟有18个项目夺得金牌，其他两个项目也获得了银牌。

正常人游泳事业成绩辉煌，彭承克并不满足，他决心发展残疾人游泳事业。

张家满稍微休息了一下，彭承克就要他试游。张家满游了两个50米，求才若渴的彭承克十分高兴地说：“小张同学，你虽然游的姿势不标准（狗扒式），但速度不错，很有培养前途，是棵好苗子，从明天起你就每天到我们游泳业余体校参加培训吧！”并随即指定陈爱南担任张家满的教练。

陈爱南是彭承克的爱人，国家高级游泳教练、省游泳比赛金牌得主、原省游泳队优秀教练，是她第一个提议要发展残疾人游泳事业，第一个建议大家寻访会游泳的残疾人。能得到陈教练的栽培，张家满高兴得几乎想跳起来。

第二天，张家满早早来到了醴陵游泳业余体校，心想教练会马上抓紧时间给他传授游泳技巧。然而彭承克教练、陈爱南教练却是花了很长时间与张家满促膝谈心。他俩给他讲霍金、

海伦·凯勒、爱迪生和张海迪等残疾人创造人生奇迹的故事，鼓励他树立身残志坚、攻艰克难、创造精彩人生的理想，给他讲优秀游泳运动员必须具备的综合素质，提出今后参加培训的严格要求和注意事项。从彭承克、陈爱南的眼神和话语里，张家满深深感到他俩既是严师又像父母。

陈爱南教练每教张家满一个动作，不仅要求他知其然，而且要求知其所以然，训练时每个动作不许他满足于“基本上”做到，而是要求100%到位达标。

张家满悟性高，训练很刻苦，游泳技术提高很快，20多天后，湖南省残疾人游泳比赛在醴陵举行。张家满没有参赛资格。彭承克通过多方努力，终于争取了与比赛游泳运动员一起参加检测成绩的机会。检测的结果，张家满竟比一个获得全国残疾人游泳比赛两枚金牌的运动员速度还要快，并打破了两项省残疾人游泳纪录。

“张家满真厉害！”

“张家满不愧是渌江张顺！”

听到观众们一声声夸奖与一阵阵掌声，张家满拥有前所未有的幸福感。他热泪纵横，大声地回应观众：“我会更加努力的！”

陈爱南走上前去深深地拥抱了他：“祝福你，同时也请记住一句话：‘成绩总是拼出来的’！”

“教练，我从前看到的是别人的诧异眼神，听到的是别人的冷嘲热讽，现在，我看到了人生的精彩，一定牢记您的教导，我会更加努力拼搏！”

张家满在省残疾人游泳比赛的检测中取得了优异的成绩，彭承克十分高兴，马上找他谈话，要求他戒骄戒躁，鼓励他向更高目标奋进。彭承克看到张家满一条腿拄着拐杖一跛一跛地走路，十分艰难。他一次又一次去醴陵民政局、株洲民政局，恳求出资为张家满装配假肢。张家满的游泳潜能和彭承克的恳切请求，终于打动了有关领导。

1986年8月25日，张家满在爸爸、姐姐、姐夫的陪同下，有生以来第一次坐上了火车。在长沙假肢厂，民政部门出资给他装配上了假肢。张家满上上下下反复摸着这条仿真的假肢，似乎原腿失而复得。他拄着拐杖进的假肢厂，丢掉拐杖几乎像正常人走出假肢厂。张家满感动得热泪盈眶。他说："这么多年来，我没有穿过一件像样的衣服，因为拐杖经常把腋下的衣服磨烂。和别人在一起，好心人都会给我让坐，不好的会避开我，有的人还会嫌弃我，让我总感到低人一等。现在我站起来了，再不担心别人的眼神会直盯着我空空的裤管，手终于解放出来了，可以去做别的事情，现在像个真正的男子汉了！这感觉真是轻松而又愉悦。"张家满暗暗地下决心，一定要拼死拼活，刻苦训练，创造优异成绩，为我市、为我省、为祖国争光，以实际行动报答党，报答民政部门，报答教练。同时，他还想，要是能让所有残疾兄弟姐妹也都装上假肢，那该有多好啊！将来我也要办个假肢厂，帮助残疾兄弟姐妹像自己一样站起来！

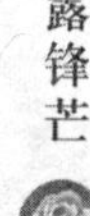

中篇 夺金摘银

第五章

泳坛拼搏

为了使张家满进步更快，陈爱南教练查阅了很多资料，经过认真分析研究，专门为他制订了系统的培训计划。怎样掌握自由泳、仰泳、蝶泳、蛙泳的要领，如何突破出发、转身、抓水、推水、呼吸的难关，以及怎样进行有氧训练、无氧训练等，都安排得十分具体。她把系统培训计划分解到每个星期和每一天。张家满也深深懂得“师父领进门，修行靠自身”。他按照陈教练的要求扎实训练。陈教练要求每次练拉力 200 次，他主动练上 250 次。教练要求正常运动员跑步，他就快速跳绳。每天放学后，他都会骑 3 公里的自行车来体校训练。有时自行车坏了，他就一步一步赶来体校，一直训练到晚上 9 点，才饿着肚子回家。回到家里他还会认真琢磨陈教练的指点、要求，并且坚持写训练日记，总结每天训练的经验教训。

张家满只有一条腿，腿部力量不行，陈教练千方百计增强他的手部力量。她一次又一次提着他的一条半腿，要求他用手

走路并一次又一次地进行训练，每次训练下来，张家满衣服全身湿透。

转眼到了冬天，寒风刺骨，树木凋零。“三九、四九、闩门不出首”，即使穿袄戴帽，只要到游泳池边一站，都会感到寒彻骨髓。张家满虽然冻得牙齿梆梆响，浑身哆嗦发抖，但毫不犹豫跃入水中，游了一程又一程。

张家满由于左腿截肢流血过多，加上残肢与假肢的摩擦，经常发炎流血，在冷水中浸泡真像针刺一样疼，并且常常抽筋，但他咬紧牙关，坚持苦练。有一天，张家满在水中冻得皮肤发紫，嘴唇发乌，大腿抽筋，沉入水底。队友们慌忙把他拖上岸来。陈爱南教练跪在地上帮他按摩好久一阵才慢慢好转过来。陈教练说：“今天就不要再下水训练了。”但张家满伸伸腿觉得问题不大，又纵身跃入泳池中，只见水花四溅，像浪里白条一样快速冲向前方……

天道酬勤，教练精心施教，张家满刻苦训练，他的体质不断增强，游泳水平又得到了很大提高。1987 年 5 月，株洲市体委正式通知张家满到株洲参加集中强化训练，备战湖南省第二届残疾人运动会。得知这一消息，张家满一家非常高兴。去株洲集训的前一天，张振良带着张家满到村委会报喜，然而得到的不是鼓励和资助，而是一个村干部冷冰冰的话：“你去参加集训就去参加呗，关我们屁事！”张振良考虑到如果张家满没有取得好成绩，也应该有条退路，请求村领导说：“如果家满因参赛耽误了功课而考不上高中，就拜托村领导照顾安排一个村办企业上岗就业。”得到答复又是冷冰冰的，刺人心痛：“正常人还安排不了，何况是残疾人！”

张振良争辩：“家满遭车祸时，村里的老领导不是拍着胸脯说如果考不上学校，村里保证安排工作吗？”

“新官不理旧事，谁答应的你去找谁！”

听到这话，张家满大声地说了声“好”，就拖着父亲气愤地走了。

妈妈知道这一情况，长哭不已，深悔自己当初没有照顾好孩子，很愧疚。张家满劝妈妈别哭：“妈，你放心，没有村里的照顾，我照样也会活出个人样来！”

第二天出门时，张振良说：“满儿，你已经无其他路可走了，你就走游泳这条路，你就在游泳上杀出一条血路来，男子汉就该争口气让他们看看！”听了父亲掷地有声的鼓励，张家满挺起了胸膛，重重地点了点头。

在株洲，张家满咬紧牙关，以顽强的毅力，刻苦训练，成绩不断提高。1987 年 6 月，他参加在长沙举行的湖南省第二届残疾人运动会，喜获 3 金 1 银，破一项全国纪录，破三项省纪录（50 米自由泳，32 秒破省纪录，获金牌；100 米自由泳，1′16″5 破省纪录，获金牌；100 米仰泳，1′27″3 破全国纪录，获金牌；4×100 米混合团体接力破省纪录，获银牌）。他激动，兴奋，自豪，热泪夺眶而出……

张家满比赛后回到醴陵游泳业余体校，陈爱南要他谈谈前段训练和参加这次比赛的感受。张家满想了想说：

“坚持别人不能的坚持，付出别人不能的付出，才能得到别人不能的得到”。

陈爱南教练听后异常高兴："张家满，你说得很对。你长大了，成熟了，你懂得这'吃得苦中苦，方为人上人'的道理，你的成绩就会不断进步。"

根据她平日的了解，陈爱南还对张家满提出了"要自信"的要求。她说："人生要迎接一场又一场的挑战，打赢一场又一场的战争，攀登一座又一座的高峰，关键是自信，一分自信，一分成功；十分自信，十分成功。如果相信'我能行'，你就真的能行！"

第六章

夺金摘银

1987 年 8 月，张家满作为湖南代表团成员参加了在河北唐山举行的全国第 2 届残疾人运动会。唐山，一个英雄的城市。在这里，张家满吸取了顽强拼搏的力量；在这里，张家满展示了实力超群的风采。他参加男子 S10 级 100 米蝶泳，以 1′31″的成绩获得金牌，打破了 1′44″全国纪录；400 米自由泳以 5′25″4 夺得金牌，打破 5′49″1 的全国纪录；800 米 4 人混合泳以 2′29″89 创造全国纪录，夺得金牌；100 米仰泳以 1′22″7 打破 1′29″的全国纪录，获得银牌；4×100 米混合团体接力，他也获得了银牌；张家满首次参加全国游泳大赛的可喜成绩，使他一举成为众人瞩目的湖南泳坛翘楚。

在省政府隆重举行的庆功表彰大会上，张家满受到了嘉奖。

在全国残运会上获得了可喜成绩，张家满觉得这只为湖南省争了光，这还不够，他决心要进一步为国争光。1988 年，张家满得知第 8 届世界残疾人运动会将在韩国汉城举行，认为为

国争光的机会来了。然而上级通知参加省里强化训练的预选队员名单中却没有他，不轻易流泪的张家满痛哭了。他恳求彭承克教练帮忙设法解决。彭承克通过多方努力，张家满获得了自费参加与正常专业运动员一起训练的机会。

张家满自费参加训练，这对一个负债累累的农民家庭来说，无疑是雪上加霜。可怜天下父母心，哪个父母不疼儿，考虑再三，张振良决定即使砸锅卖铁也要让家满去参加集训。好不容易东拼西借，凑了500元钱，张家满怀揣这来之不易的血汗钱，提着大姐送的一袋鸡蛋，直奔省体委游泳体工大队。

正式专业集训的游泳运动员，在运动员食堂就餐。每天国家补助伙食费25元、夜餐费4元，这在当时算是很不错的。而张家满是自费训练，不能到运动员食堂就餐，只能在省体委招待所住宿，每天需自付住宿费4元。在职工食堂就餐，张家满给自己定的伙食标准是每天两元。他每餐要吃上六七碗饭，一小片肉就送一碗饭下肚，职工没有吃完的剩菜，他会端来咽饭，看到别人菜盆子里还有些油水，他也会拿来拌着饭吃。集训队的运动员彭钢、丁慧敏等人，出于对张家满的同情，总是从运动员食堂偷偷地带点菜出来给他吃。晚上训练后，正式运动员都能享用一顿满意的夜餐，而张家满却只能嚼点自备的干粮。省体委群体处处长周伯溪，他对张家满十分关心，每天晚上做两个荷包蛋送到张家满的住处，并给他搧扇子，一直望着他津津有味地吃完。后来，还在家里特地腾出了一个房间，接张家满来住。周伯溪一家人对张家满照顾得无微不至。

自费训练的机会来之不易，家里给他的钱来之不易，张家满抓住一切机会拼命勤学苦练，教练要求练3次，他至少练5次6次，他的游泳成绩在原有基础飞速提高。他和正常专业运动员一起训练，开始时速度总是与他们相差甚远。队友们讥笑他吃洗脚水都吃不到。后来，他的速度竟经常排名在小组前两名。正常运动员的眼光很快地由过去的“嘲笑”变成了“钦佩”。每周周末例会，领队总是点名表扬他，号召专业运动员向他学习。

后来他们组的教练带领彭钢等队员到上海比赛，教练离开时，交待最近15天队员自行训练。有不少队员练了一半时间就走了，而张家满却在所有队员全部离开之后，还要在游泳池至少加练一个小时。

其他组的教练多次问张家满：“你为什么训练这么自觉，这么刻苦？”

他的回答是：“第一，我不像正式专业运动员，成绩好拿到金牌可以出名，成绩不好也不要紧，日后国家会给他们安排工作就业，而我却没有退路可走。第二，如果我不好好练，创造好成绩，对不住父母的血汗钱，对不住教练，对不住周处长每天晚上送的两个荷包蛋，对不住出资给我装配假肢的民政部门，对不住所有关心我的人。我没有理由不向他们交出一张满意的成绩单。”

张家满为了更好地训练自己，他自费买了台灯，每天回到招待所房间，用台灯对着住房的镜子，自己在床上反复练习推水、转身等动作，从灯光折射出的斜光里看自己动作做得怎样，琢磨怎样使自己的动作标准协调，因为他知道“动作+力量+

协调 = 速度”。

张家满坚持每天写训练日记，总结自己训练的经验教训。他自费请人把自己的水上动作、水下动作、出发动作、转身动作等拍成录像带，通过看视频来研究如何使自己动作完美。每天晚上他都根据自己的训练实际攻读专业书籍，每晚凌晨两点以前他是从不肯上床睡觉的。

张家满虽然坚持别人不能的坚持，付出了别人不能的付出，也取得别人不能取得的成绩，但不知为什么，在国家体委下达的汉城残奥会参赛队员名单中却没有他。张家满一度万念俱灰，周伯溪处长得知这一情况，专程赴京向国家体委请示汇报，力荐他出征汉城奥运会。张家满的情况终于打动了国家体委领导。国家体委两次派专人飞往汉城，通过协商，组委会同意张家满作为候补队员参赛。

1988 年 10 月第 8 届国际残疾人奥运会在韩国汉城举行，参加的有 61 个国家的 3053 名残疾人运动员，都是世界各国的名将，个个身材高大魁梧。

10 月 17 日上午，张家满参加 S10 级 100 米蛙泳预赛，检录后，运动员陆续出场。这时，只见全场观众都站起来，有鼓掌挥手的，有敲锣打鼓的，有尖叫呐喊的，百声齐发。很多人都用手指着张家满。张家满感到诧异，他望了望左右两边的运动员，原来左边的高 2 米左右，右边的也至少 1.85 米以上。而他身高却只有 1.59 米，比站在他身旁的运动员矮了一大截。大家都在笑他矮得可怜。比赛前，其他运动员都不把张家满放在眼里，认为他只是来凑热闹，当“替死鬼”陪赛的。但他却坚信“我能赢”。S10 级 100 米蛙泳比赛开始了，出发时张家满比其他运动员慢了 2 米多，但是到 60 米就慢慢接近，到 80 米时就与其他运动员齐平了，在“加油”的呐喊声中，张家满拼尽全力往前冲，他几乎到了癫狂的程度，终于第一个到达终点。

10 月 17 日下午，S10 级 100 米蛙泳决赛拉开了战幕。张家满的出场更是轰动了整个赛区，观众都向他挥手鼓劲，连裁判员都紧握着他的手为他打气加油。张家满超水平发挥，速度比预赛又提高了 1 秒。大大出乎人们意料之外，以 1′26″88 的好成绩摘取了 S10 级 100 米蛙泳银牌。

张家满登上了领奖台，礼仪小姐捧着鲜花献给了他，另一个礼仪小姐托着奖盘走到他面前端庄而立。这时，国际奥委会主席萨马兰奇笑容可掬地走过来与张家满握手，以惊奇的目光看着他，小心翼翼地捧着一块硕大而厚重的银牌端端正正挂在他的胸前，然后竖起大拇指，用汉语夸赞道:“中国好少年！”

此时，成千上万的观众都以狂喜而羡慕的目光望着这个矮小的中国少年，轰雷似的掌声经久不息。张家满将手里的鲜花高高举起，挺起胸膛，让胸前“中国”二字和国徽在电子闪光灯前闪耀，在世界各国人民面前绽放出灿烂光芒。

此时，早已守候电视前的张家满的爸爸、妈妈、哥哥、姐姐抱成一团，热泪纵横，一个个激动得说不出话来，一会儿屋前鞭炮齐鸣，左邻右舍、有关领导都来祝贺，一家人兴奋得一个通宵都无法入睡。

那天，张家满受到韩国前总统金泳三的亲切接见，并共进晚餐。

1989年5月，张家满参加在贵阳市举行的“星光杯”全国残疾人游泳邀请赛暨第五届残疾人亚运会选拔赛。100米蛙泳，他以1′24″20的成绩，获得金牌，打破1′38″的全国纪录；100米蝶泳，他以1′15″4的成绩打破1′31″的全国纪录，获金牌。

1989年7月，国家体委通知张家满到北京参加100天的集中强化训练，备战远东及南太平洋地区第5届残疾人运动会。他以超人的勤奋精神、善悟的训练特色、精益求精的学习态度，得到国家体委有关领导的表扬，领导号召其他运动员向他学习。

1989年9月，远东及南太平洋地区第5届残疾人运动会在日本神户举行。参加这次运动会的共有41个国家和地区的1212个运动员，我国有56名运动员参赛，分别参加田径、游泳，乒乓球和射击四个项目的比赛。在这次运动会上，张家满需要参加8个游泳项目的比赛，他深知重任在肩，暗暗叮嘱自己：“我是中国运动员，我的目标就是为祖国争夺金牌！我一定能行！”

9月16日是张家满鏖战火拼的日子。从上午10点到12点，在短短两个小时之内，要连续参加4个项目的比赛。

运动场上，人山人海，喊声震天。张家满没有时间静坐一会儿，S10级100米蛙泳比赛，他超水平发挥，以突出的成绩登上了冠军的领奖台。听着奏响的国歌，他兴奋激动，同时也不断告诫自己：“夺金才迈出第一步，更艰巨的任务还在后面，我一定能行！”当张家满刚刚从领奖台下来时，各国记者蜂拥而至，电子闪光灯和话筒聚焦而来。两个外国记者抢着问他：

“这次比赛没有升贵国国旗，你心里是怎么想的？”这问题问得很突然，他想了想答道:“这是组委会的失职和失责，但我用实力站在冠军领奖台上，身着国服，胸戴国徽，祖国在我心中，国旗永远在我心中升起，也在广大观众心中升起。”中国代表团团长、中国体育报记者都拍着他的肩膀笑着称赞他的回答。记者们又提出了很多问题，他灵机一动，礼貌地说声:“谢谢，我要参赛了！”巧妙地避开了纠缠不休的记者，以便使自己少耗费一点精力。有时，前场比赛刚刚结束，还没有来得及领奖，下一场比赛就又要开始点名签录了。张家满心里很纳闷，不知为什么组委会要这样搞“疲劳轰炸”。

幸运的是连续的5场决赛，张家满不负众望，都获得了金牌。这时，他感到全身乏力，特别疲劳。肚子饿得咕咕叫。因为在异国他乡，饮食不合口胃，勉强吃下去的，经过5场决赛，也已消耗殆尽。在这关键时刻，他只好把所带的巧克力全部填入肚中，才让饥饿稍有缓解。

后来，中国代表团才识破日本为遏华搞“疲劳轰炸”的阴谋诡计。在进行4×100米自由泳接力赛时，日本的这一阴谋更是暴露无遗。他们突然更改比赛项目的规则，擅自扩大运动员伤残级别的范围，把接力赛的“规定级”改为“公开级”，即不按伤残人的级别竞赛。这样就使日本队占了绝对优势，因为他们上场的全部是只患过轻微小儿麻痹症队员。而我国和澳大利亚两个强队上场的，全部是截肢队员，这显然是极不公平极不合理的。为此，我国代表团队员个个义愤填膺，但同时也激发出队员们更加昂扬的斗志，个个咬牙誓与日本队决一死战。

4×100米自由泳接力比赛，张家满游的是第一棒。他深深懂得，第一棒的速度，直接影响着其他三棒，将直接关系到整个比赛的成败。由于张家满年龄小，个子矮，一出发就落后了，华侨和外国朋友都为他担心。“中国队，加油！中国队，加油”的呐喊声此起彼伏，动人心魄，它像一股巨大的暖流注入心田，张家满简直到了拼命的疯狂地步，游到50米时终于与对手持平；到60米时，他超过了对手，70米，80米，90米到终点远远抛下日本对手。我国其他三个队员也游得很好，到终点时竟超出日本队员8米多，彻底粉碎了日本队的“美梦”。

在日本的这次比赛，张家满击败了40多个外国对手，囊括了参赛游泳项目的六块金牌和两枚纪念奖牌。纪念奖牌十分珍贵，它是在外国运动员弃权不敢参赛的情况下，组委会特别邀请中国代表队作了4×50米自由泳接力和4×50米混合泳团体接力两场精彩表演而得到的。张家满的成绩，大壮了国威，大长了中华儿女的志气。

张家满参加远东及南太平洋残疾人运动会后，继续征战四方，频繁参赛，将一块又一块的金牌收入囊中。

1990年，张家满参加在云南昆明举行的全国残疾人游泳锦标赛，收获3金1银。

1991年，他参加在湖南湘潭举行的湖南省残疾人游泳比赛，收获3金。

1992年，他参加在四川成都举行的全国残疾人游泳锦标赛，收获3金；同年参加在广州举行的全国第三届残疾运动会，收获3金1银。

1993 年，他在北京参加全国残疾人游泳选拔赛，收获 3 金。

1994 年，他参加在北京举行的第六届远东及南太平洋残疾人运动会，收获 1 金 1 银。

1995 年，他参加在湖南邵阳举行的湖南省第 4 届残疾人运动会，收获 3 金。自这次运动会后，张家满由于身体原因，淡出了泳坛。

盘点 10 年，张家满拼搏泳池，战果辉煌，共收获 39 枚金牌、10 枚银牌，打破和创造了 21 项全国纪录，打破了 8 项亚太地区纪录，2 次打破残疾人奥运会纪录。他在我国残疾人游泳史上写下了出彩的一页，谱写了一个残疾人的人生传奇。

张家满创造的泳坛奇迹，引起国内外的广泛关注。1993 年 10 月，日本政府曾特邀张家满访日。张家满应邀在政府要员的陪同下，访问了日本 9 个州 10 个县（市），作了 19 场精彩表演。在日本掀起了“张家满热”。日本体育界提出要高薪聘请他担任游泳教练，但被张家满婉言谢绝了：“我是中国人民的儿子，是祖国一手把我培养的，我的一切属于祖国，没有中国政府的派遣，就是金山银山，我也不会答应你们的聘请，请你们理解。”赤子之心，撼天动地，日本人佩服得五体投地。

张家满毅然回国，日本政府用专机护送，飞机在北京机场徐徐降落。国家体委主任伍绍祖率领庞大的欢迎队伍到机场夹道欢迎。然后在人民大会堂举行了有 2000 多人参加的表彰大会。张家满受到了党和国家领导人江泽民、李鹏、李瑞环和李铁映等同志的亲切接见和热情鼓励，并同他们合影留念。

张家满感到自己仿佛在做梦，几乎有点不敢相信眼前的

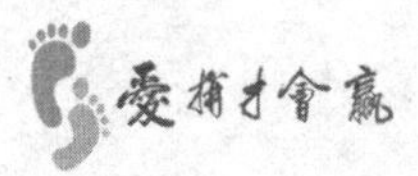

情景是真的。那天晚上，他辗转反侧，彻夜不眠。他想："我原是一个只求不讨饭的农村残疾孩子，现在居然走进了神圣的人民大会堂，受到了党和国家领导人的接见，还有比这更幸福的吗？"

接着，湖南省、株洲市和醴陵市分别举行了隆重而热烈的庆功表彰大会，张家满获得了各级政府的特别嘉奖。先后被评为享受国家特殊津贴的有突出贡献的游泳健将、湖南省"新长征突击手""株洲市十大杰出青年""醴陵市十佳青年"。

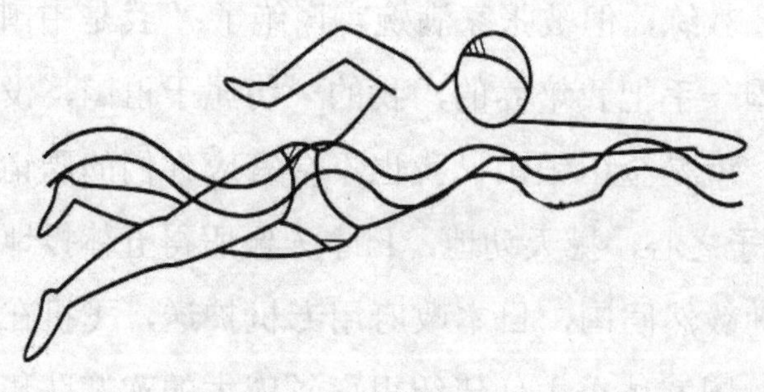

第七章
异国初恋

张家满在韩国汉城残疾人奥运会上个子矮小但是成绩超凡，上万名观众的目光都聚集在他身上。这时，他还不知道，观众席上有一个名叫孙英仙的韩国女孩已经喜欢上了他。

张家满夺得银牌，在领奖时，金牌得主高 2 米出头，铜牌得主的身高也有 1.85 米。张家满夹在二人中间，出场时再次吸引了众人的目光，三人排队经过观众席时，坐在第一排的孙英仙手里拿着一个布做的吉祥物，一个劲地朝张家满挥手。当他路过孙英仙面前的时候，孙英仙将手上的吉祥物扔向了他。张家满一把接上，发现是一只布做的小熊。为了表示友好，他也将手里捧着的鲜花扔给孙英仙。直到今天，张家满还没有忘记那温暖人心的一幕。这时，张家满没有往深处想，认为她不过是个狂热的观众罢了。接下来发生的事情，却弄得他措手不及了。

当天晚上深夜 11 点半，张家满准备跟运动员一起回汉城奥林匹克村的住地，从游泳馆出来，他一下子愣住了，孙英仙和

她的同伴，竟然在赛场出口处等他。他们已经等1个多小时了，她在等他签名。

按照平时的情况，热心观众找运动员签名，都会事先准备好纸和笔，孙英仙却只准备了笔，她要求张家满把名字直接签在她的衣服和裤子上。张家满一听，脸就红了，觉得这样做不合适，孙英仙只好作了让步，从随身带着的包里拿出笔记本，张家满才签了名。孙英仙又提出要看看他的奖牌。张家满只好拿出银牌，给她看了一阵。当时，运动员和教练已经等了好久，团长说："不等他了，大家先上车吧，我们到车上再等他。"见其他人都陆续上了车，张家满着急，准备要走，孙英仙又说："你的包这么重，让我来给你背，送你上车！"张家满想我又不认识你，仅仅是给你签了个名，让你背包，你别拿着我的包跑了，我只有一条腿，到时追不上你，你们两个外国女孩，如果把我的银牌拐跑了，那可太不划算了。他连忙用英语对她说："不，对不起，我不要你背包！"两个女孩没有再坚持，就一边一个用手挽着张家满，一直将他送到车上。车上有人禁不住问道："阿满，你搞什么名堂，让大家等了这么久？"张家满脸红到了耳根。

第二天，张家满没有比赛项目，在住地休息。他没有想到，孙英仙这天组织了一个6个人的"啦啦队"，早早守在赛场等候张家满出场。她还特地做了几条很大的横幅。不仅如此，她还买来了一大袋韩国风味小吃、蛋糕和水果，要送给张家满。

孙英仙在赛场观众席门口等了一整天，也没有见到张家满，就找中国代表团，关切地问："我想见张家满，他今天怎么没有参加比赛？”中国代表团团长热情接待了她，并告诉她：“张家满今天没有比赛项目。”无奈，孙英仙请团长把她买来的一大袋吃的东西带给张家满。

晚上，这天参加比赛运动员一回到住地就和张家满开玩笑：“阿满，你走桃花运啦！”张家满一脸疑惑：“怎么啦，怎么啦？你们快说说看！”

“今天我们一到比赛现场，就有一个韩国美女来找你，这姑娘真是太漂亮了，看样子才十七八岁，她还送了好多好吃的给你呢！”张家满不相信，队友又说：“你不信，再过 10 分钟，我保证团长就会给你送东西过来！”

过了一会儿，团长果然送来一大袋吃的。团长对张家满说：“那个韩国女孩特别崇拜你，说你是英雄，她让我转告你，真心要与你交朋友。”张家满想，可能是送他小熊的那个女孩，他笑了笑，没作声。团长说：“这么多好吃的，可是人家的一片心意啊，她说她叫孙英仙。”张家满把这个名字牢牢记在心里。

队友们分吃着孙英仙送来的食品，你一言我一语地说张家满的桃花运来了，要抓住不放。说得张家满脸通红。

第二天，张家满的比赛项目是 100 米自由泳。孙英仙又叫来一大帮同学和朋友，在观众席打出“中国必胜”“张家满必胜”“我爱张家满”几条大横幅。张家满深受感动。比赛结束后，他跑到观众席上去看她。孙英仙一看见他，就在众目睽睽之下，抱着一阵猛亲。张家满送了有名的湘绣礼品给孙英仙，包括真丝围巾和真丝手帕。孙英仙又送给他许多韩国风味小吃。那天天气晴朗，张家满和孙英仙手牵手走出赛场，来到运动场外一片草地

上，面向蓝天，躺着聊天。孙英仙用生硬的汉语，表达了对张家满的无限崇拜和深深爱意，她还从随身携带的小包里，找出了自己照得最好的照片送给张家满，孙英仙不顾一切，一次又一次主动拥抱张家满。面对周围那么多人，张家满一阵阵脸红，口里不停地说："NO，NO！"躲闪着她火热的亲吻和拥抱。众人大声哄笑，而孙英仙表现得大胆狂热，一点也不在乎。

从那天以后，只要张家满有空，孙英仙就每天都和他待在一起，形影不离。张家满在韩国的10天里，她每天都早早地来到赛场，给张家满加油助威。张家满从台上走下来，她都会冲向前去，热情地与他拥抱，帮他擦干身上的水珠。张家满没有比赛项目的时候，她就和他躺在游泳馆外的草地上聊天，详细询问他是怎样拼搏成世界泳坛的英雄。有时，她也带着张家满去逛汉城的大街小巷，无论两个人走到哪里，她总是紧紧地挽着张家满的手臂，好像害怕他会突然离去。

汉城残奥会闭幕那天，张家满要回国了，孙英仙来到张家满的住地，紧紧抱着他不放手。她的同学也来了，看着孙英仙与张家满难舍难分撕心裂肺的情景，全都哭起来了。孙英仙更是早已泪流满面。任别人怎么劝说，她就是抱着张家满不松手。她知道，这次一放手，也许永远也抱不着张家满了。张家满哄了她很久，她还是不肯放开。最后没办法，中国队这边派了大力士去拖开张家满，和孙英仙一起来的另外几名韩国女孩也用力拖孙英仙，好不容易才把两人拉开。可是，转眼间早已是泪人的孙英仙又把张家满紧紧抱住，再也不肯放开，面对此情此景，中国代表团所有队员都深为感动。团长说："可怜啊，家满，天下没有不散的宴席，看来这个韩国女孩对你是动了真情！”后来，团长想出一个办法，他让中国队全体队员的43个人，全部跑过来，要求一一与孙英仙握手。两边再派人用力拉。她才松开了张家满，与大家一一握手告别。

张家满回国后，刚回到湖南醴陵老家，第二天就收到了孙英仙的来信。他感到有些意外，心想，信怎么来得这么快，肯定是知道他要走，早就把信写好了。在信中，孙英仙说，她要进一步学好汉语，一定要来中国，她要永远与张家满在一起。

张家满很快回了信。那段时间，两人处于热恋之中，每个月都要通好几次信。张家满写信，尽量用英文，实在不行就用中文，孙英仙看不懂中文，就在汉城找翻译。张家满看不懂孙英仙的来信，也只好找翻译。孙英仙还经常把自己新照的照片寄给张家满。张家满收到信后，也会及时回信。就这样，在前后7年时间里，张家满收到孙英仙400多封来信，装了满满一皮箱，直到现在，张家满都珍藏着。

可是，湖南省醴陵市与韩国汉城，毕竟相隔千山万水，因为家境清贫，张家满不可能经常飞到相爱的异国女孩身边，加上语言障碍，两个人偶尔通一次长途电话，也时常是心里有话口难开，通电话不同于见面能靠眼神、手势交流，随着年龄的增大，张家满渐渐感到，要娶个外国女孩为妻，还是很难的。1992年，经人介绍，他与醴陵板杉乡一个聪明、善解人意的漂亮女孩刘伯华相识了，很快两个人堕入了爱河。经过两年的热恋，1995年10月7日他俩走进了神圣的婚姻殿堂。第二年，他俩爱的结晶——一个胖乎乎的男孩来到了这个世界。

第八章
残联岁月

张家满在日本比赛回国后，燃起了从游泳队伍中退役念头。

醴陵市游泳业余体校的彭承克教练、陈爱南教练从一个公司到另一个公司，从一个工厂到另一个工厂，四处为张家满寻找就业岗位，但没有结果。他们又带领张家满找市里的有关领导，连农历正月初一都带他去有关领导家里拜年提请求。张家满也利用出席表彰会的机会向株洲市委书记、市长递交就业申请报告，汇报自己的情况和请求。

1991 年，张家满被破格录用为国家公务员，安排到醴陵市残联工作。

张家满有工作了，一家人十分高兴，原来认为他不沿街乞讨、能自食其力就是大好事，想不到现在当了公务员，端上了让人羡慕的“铁饭碗”。亲戚朋友、左邻右舍都来向他祝贺，都说:“当了国家干部，旱涝保收，这辈子再也不用犯愁了。”张家满自知这个工作岗位来之不易。他决心积极工作，为残疾人多做实事做好事，回报党和政府的关怀。

“为残疾人服务，依法维护残疾人的合法权益”这是张家满自定的工作目标。为了全面深入掌握党和国家关于残疾人事业的法律法规和方针政策，他刻苦学习《残疾人保障法》《残疾人就业条例》及其实施办法，认真学习省、市出台的各项扶弱、助残规定和措施，把相关法律法规、政策背得滚瓜烂熟。张家满认为单是自己掌握法律政策还不够，还必须将残疾人政策交到残疾朋友手中，才能让他们切实享受和利用这些政策。因此，每逢一项涉及残疾人切身利益的政策出台，诸如白内障免费救治、残疾学生救助、危房改造等政策，他都会积极向单位领导建议，在市电视台发布，在机关宣传栏张贴，因而在醴陵形成了“扶弱助残”的良好风尚和舆论氛围。

“只有调查，才能精准助弱扶残。”张家满说。他走乡串户在全市范围内组织开展残疾人基本情况和生产、生活、生存情况的调查摸底工作。通过调查，他把全市肢体残疾、视力残疾、言语残疾、听力残疾、智力残疾、精神残疾、多重残疾的人数，以及完全丧失自理能力的残疾人数，掌握得一清二楚，为全市残疾人工作的开展获取了第一手资料。

张家满从调查中发现，残疾人普遍存在着“三难”：一是住房难，二是生活难，三是看病难。他通过借助残疾人危房改造政策，重度贫困残疾人居家抚养政策、贫困白内障患者免费治疗政策，通过与有关单位协商，为全市 150 多名残疾人解决了住房问题，为 1000 多名残疾群众发放了居家抚养生活补助，为 1500 名患者实施了复明手术。通过一系列工作，醴陵市残疾人住房、生活、就医等困难得到了较好的解决，生活水平有了一定的提高。

张家满充分发挥残联同残疾人的桥梁作用，认真履行残联“代表、服务、管理”的职能。他在工作中始终视残疾人为亲人，想残疾人之所想，急残疾人之所急。对残疾人的上访，他耐心细致地做解释、宣传工作。他用自己的工作作风影响残疾群众，努力给予他们满意的答复。很多残疾人都说：“到了残联，我们就感到有家的温馨。”

张家满十分重视为残疾人办实事，帮助解决具体问题。他在日常工作中，随时了解掌握残疾群众的实际困难，特别是得知一些家庭经济困难的残疾学生就学艰难时，他就立即进行登记，并利用“扶残助学”“彩票公益金助学”“春雨工程”等活动，及时通知家长进行申报，确保了这些学生顺利完成学业。

张家满注重扎实做好为残疾人捐款捐物工作，无论是上级业务部门还是残疾人福利基金会安排的捐款捐物活动，他都高度重视，和机关的相关工作人员一起，深入企事业单位积极做好宣传工作，为他们捐款捐物，搞好服务，引导更多的人为残疾人献出爱心。

张家满从调查和接待残疾人上访中，深深感到身体的残缺给他们带来了极大的痛苦。同时，身体残疾还使他们心理抑郁、自悲自弃。他想，在帮助残疾人解决生活困难的同时，还应努力帮助他们治疗心理疾病。他多次举办残疾人讲座，讲述自己身残志坚、顽强拼搏、摘金夺银的经历，讲述国内外残疾英雄战胜各种困难、创造奇迹的动人事迹。听了他的讲述，很多残疾人走出了自卑、自怜的心理阴影，决心克服一切困难，创造属于自己的天地。现在醴陵的不少残疾人都常常用张家满的名言勉励自己:“残疾人这残那残不要紧，只要心不残，人生就有希望！”

1997 年，张家满加入了中国共产党，7 月 1 日，他高举右手在鲜红的党旗下庄严宣誓。他热血沸腾，感到无比激动和兴奋、骄傲和自豪，决心积极践行《入党誓词》，做一名有担当、敢作为的优秀党员，一定要用自己的业绩为党旗增添光彩。

那一年，醴陵市民政局投入巨额资金建设的“福星楼”竣工了。领导动员局里的干部职工承包，但大家都认为风险太大，不敢接标。这时，张家满站了出来:“都不接标，我接！”

张家满出任社区服务中心主任兼总经理。朋友问张家满怎样打理福星楼，他说:“我首先考虑的不是赚钱，而是把它办成一流社区服务中心。”他一方面聘请专家来培训一批医护人员，吸收一批残疾人来学艺；另一方面购买一批康复器械，并开设放映厅，演播康复科教片，既让残疾人参加活动，又让他们的亲人来观摩，以便进行康复指导，并给残疾人提供录像带和书籍。

张家满把福星楼经营得红红火火，收入也可观。但是两年后他又不安心了。因为，他总觉得这不是他想要的生活，他想为社会、为残疾人做出更大的贡献。他说:“一个人不能只考虑眼前的利益，只为钱而活。”

下篇
逐梦奉献

第九章
不忘初心

张家满在参加残疾人普查走访活动中，目睹了一大批肢残人的艰难处境。他想，他们完全可以像自己一样装上假肢重新站起来，但绝大部分是农村人，信息闭塞，生活困难，不知道如何去摆脱困境。他们都迫切希望站起来，而自己也许可以通过努力让他们真正站起来，活出自信，活出精彩。

“让像我一样的残疾人真正站起来！”这是张家满的梦想。一颗勇于拼搏的心，是不会满足于衣食无忧的平淡生活的；一个伟大的梦想，是不会存在于泛泛而谈的空想之中的。张家满日有所思，夜有所梦，他决心要让梦想变成现实。

一天，张家满翻阅着一本刚到的《中国残联》杂志，上面的一篇报道深深地吸引了他的眼球。杂志报道的是孙长亭创办天津假肢公司的事迹。孙长亭帮助很多截肢残疾人重新站了起来，全国政协主席李瑞环还亲切接见了他。

“孙长亭”三个字一下子勾起了张家满在汉城残奥会的回

忆：孙长亭个子高大，身材魁梧，对越自卫反击战英雄，短跑和三级跳远运动员。他看到张家满个子矮小，多次讥笑他参加游泳比赛是来“吃洗水脚”（意思是游不过别的运动员，只能永远游在别人后面）。后来，张家满得了S10级100米蛙泳银牌，孙长亭十分钦佩他。两人从此结下深厚友谊，张家满想，孙长亭能办到的事，自己难道办不到吗？！

张家满自费赶到天津，参观了孙长亭的假肢公司，学习了张长亭办企业的经验，觉得孙长亭干得很有意义。

天津之行，孙长亭艰苦创业的事迹和勇于拼搏的精神，使勇于追梦的张家满进一步升温了他创办假肢公司让残疾朋友站起来的梦想。

回到醴陵后，张家满先后到黄獭咀、王坊、浦口、栗山坝、大障等五个乡（镇）进一步调查了肢残人的情况。情况表明，办假肢厂市场很广阔，前景很好，他做出了下海办假肢厂的决定。

当张家满把准备办假肢厂的想法告诉爸爸、妈妈、哥哥、姐姐和亲戚朋友时，得到的不是交口称赞，而是一片反对声。有的说是“胡思乱想”，有的说是“异想天开”，有的说是“自不量力”，更多的人说是“愚蠢至极”。

妈妈哭着求他：“儿子，你知道不，当国家干部多少人想当当不上，你一个农村残疾孩子，端了衣食无忧的‘铁饭碗’，还不干，你图什么？我求你别乱想了！”

他的岳父说：“过去，什么事我都支持你，这次我坚决反对。你拼死拼活夺了39块金牌，换了个铁饭碗，现在你要去办厂，一点积蓄也许会像石头丢到河里，响都不会响一声。”

面对众人的反对，张家满也曾犹豫，但他又想做人也得有点冒险精神，人生如果不冒风险，尽管一生可能会很保险，却是最不值得的人生。张骞出使西域，出生入死几十年，翻山越岭，穿沙漠过戈壁，为汉朝的繁荣和稳定做出了杰出贡献；玄奘为取真经，历经千难万险，身陷大漠九死一生，遭遇打击面不改色，终于在17载风霜雨雪之后，从印度取回了万卷经书，为佛教在中国的发展奠定了坚实的基础。要不是他们的冒险精神，哪来成功的辉煌？为此张家满决定不改初衷。刘伯华也支持老公冒险“走一回”。因为，她深知老公的梦想，她深信丈夫的能力。

1999年10月，敢于冒险的张家满不顾众人的反对，在株洲市荷塘区租了几间房，挂起了“株洲市荷塘区假肢康复中心”的牌子。

从泳池到一点也不熟悉的商场，张家满的困难可想而知。中国残联主席张海迪曾经说过：“健康人创业是艰难的，残疾人创业更是需要一种精神上的超越。”假肢康复中心开办时，一缺资金，二缺技术，三无场地，四无市场。说是一个康复中心，其实只有3个人：张家满、张家满的老婆刘伯华、张家满的表弟李春来。张家满既当经理又当技术员，还当业务员。他把自己多年参加比赛得的奖金和一点积蓄共40万元，全部投入假肢康复中心购买设备，但资金缺口还是很大，他只好东拼西凑。为了学习掌握假肢制作装配技术，张家满先后到武汉、天津、南京、上海、广州等地的假肢厂拜师学艺，先后师从汪平、张克刚、张玉智、陆宝元等假肢制作名师。在学习中他总是打破砂锅问到底，并且恳请师父尽量多给他动手操作的机会，休息时他又反复琢磨师父传授的要点，悟出其中的“所以然”。

好问、多思、善悟、勤动手的张家满博采了众师之长。假肢制作的技术掌握了，第一批假肢也生产出来了，第一个装假肢的客户是张家满曾经的队友，一双假肢仅仅收了 800 元钱。由于缺少知名度，客户有了第一个，但很难有第二个、第三个，辛辛苦苦干了一年，结果还亏了 9 万多元。

为了寻找市场，张家满向株洲地区的有关单位和残疾人发出了 500 多封信函，介绍假肢中心的情况，坦露自己想帮助截肢残疾人重新站起来的心愿。接着他又开始跑市场，跑了几个地方，但成效不大。这时他想起有人曾向他讲过勇敢谈恋爱的笑话，追一个不接受，就向 10 个表白，10 个不接受你，就跟 100 个表白，长久坚持下去，总有一个“瞎了眼”的。这说明，做事要坚持，坚持再坚持，早晚有一天会成功。张家满决心不管怎样，还是坚持继续跑市场。他跑遍了湖南省 14 个地、州、市的民政局和残联，以及所有二级以上医院的骨科、外科。

假肢磨得张家满的残肢经常出血，疼痛难忍，但他毫不在乎，咬紧牙继续跑。跑了湖南，又跑江西。有媒体记者问张家满为了跑市场大概跑了多少路，张家满稍一思索，笑了笑说：“大概相当于一次长征吧！”

“你哪来这么大的决心和勇气？”记者又问。

“因为心中有梦！因为我想把心底那个美丽的梦化为现实。”

凭着张家满超人的毅力、坚韧的意志，靠质量、诚信、诚心、周到的服务和精益求精的感人精神，迎来了企业的春天。第二年，仅 4 个月做了 4.3 万的业绩。11 月，张家满到上海参加全国假肢博览会，一位多年从事假肢行业的老板问他："你明年准备创造多少业绩？"张家满回答："30 万至 40 万吧！"

当时，这位老板和周围的几个老总都笑他说大话，吹牛。他们做了很多年，每年还只能做 10 多万的业绩。但事实胜于雄辩，一年后张家满创造了 75 万的业绩。

第十章

惊人神速

有人说:“张家满办假肢企业，硬是像他参加游泳比赛一样，发展速度惊人，势不可挡！”这话一点不假。张家满叱咤泳池，夺取了一块又一块金牌，令人钦佩；遨游商海树起了一座又一座的丰碑，使人折服。

2000年，张家满在株洲市委、市政府的支持下，进入株洲市国家级高新技术开发区，征地10亩，建起了建筑面积5000多平方米的湖南省最大的假肢、矫形器生产、装配规模企业，成为全国假肢行业第一个征地自建厂房的企业。

2004年，张家满将“株洲市荷塘区佳满假肢康复中心”更名为“株洲佳满假肢矫形技术开发有限公司”(“佳满”既是“家满”的谐音，又是寓意公司将以最佳产品质量和最佳服务，让客户满意)。并在长沙投资，设立佳满假肢长沙分公司，建筑面积7000平方米，设有假肢、矫形器生产车间、康复训练大厅。分公司技术力量雄厚，设备完善配套，环境宽敞舒适，成为伤残病友配置辅助器具、寻求肢体康复的理想去处。

2005 年 8 月，基于佳满假肢公司先进的设施设备和雄厚的技术力量，湖南省康复医学会在佳满假肢公司创建“湖南省康复医学会截瘫行走器研制中心”。从此，佳满假肢又成为从事截瘫助行支具研究生产配置的康复治疗机构。病友在这里通过配置助行支具和一段时间的康复训练，都能解脱长期卧床的困扰，实现了单独站立和行走的愿望。10 多年来，已接收各类截瘫病人 1000 多例，康复治疗有效率达 100%。

2006 年，株洲佳满假肢矫形技术开发有限公司郴州分公司成立，主要生产医用矫形支具，对假肢进行维修保养。郴州分公司成为佳满假肢在郴州和整个湘南地区的业务联系和产品销售中心。

2007 年，经湖南省司法厅批准，成立株洲市佳满司法鉴定所，成为湖南省首家假肢、矫形器等伤残人辅助器具装配质量检测及费用评估的司法机构。它开了全国假肢行业开设司法鉴定所之先河。司法鉴定所有 5 名司法鉴定人员，其中中高级以上职称 4 人。检测手段先进，评估标准科学。创建以来，先后鉴定案件 3000 多起，鉴定结论采信率达 98%。赢得当事各方的信赖和社会的好评，2008 年被评为“湖南省优秀司法鉴定所”。

2008 年，株洲佳满假肢矫形技术开发有限公司邵阳分公司成立。它成为佳满假肢在湖南中、西部地区联系业务和生产销售假肢、矫形器等伤残辅助器具的分支机构。

2009 年，株洲佳满假肢矫形技术开发有限公司隆重举行了

创建 10 周年庆典，株洲佳满康复医院隆重开业。医院完全按照人社部和中国残联关于三级康复医院的标准建设和运营。医院占地 30 亩，建筑面积 16000 平方米，设置病床 266 张。配有分体空调、呼叫系统、集中系统等完备设施。康复设备进口率达到 70%，拥有中南地区最大的运动治疗和作业大厅，拥有一支高素质的专业技术队伍，有员工 140 多人，其中医技人员 100 多人，含博士、硕士 10 人，中级以上专业技术职称人员 20 多人，本科及以上学历达 46.42%。医院由香港复康会提供技术支撑，由中南大学公共卫生学院提供心理咨询，负责管理人才培养。医院对脑瘫、偏瘫（脑中风康复期）、截肢、骨创、烧伤、儿童自闭症、老年康复和肾病康复期等患者提供医疗康复、职业康复、社会康复、教育康复等服务，并承担康复辅助器具生产与装配等任务。它成为目前湖南规模最大、设备最先进、康复技术最全面的综合康复基地，成为中国一流、中南地区第一的工伤康复中心。

2014 年，株洲佳满假肢矫形技术开发有限公司成立全资子公司——长沙佳满假肢矫形技术开发有限公司。

2015 年，株洲市佳满职业技术培训学校成立。学校担负残疾人职业技能培训、养老护理人员培训、康复助理人员培训等职能。

2017 年，经多方筹集资金，在江西省萍乡市安源区开办萍乡佳满康复医院。它成为目前赣西地区唯一的一家二级康复专科医院。医院建筑面积 17000 平方米，设置病床 260 张，具有现代化康复医疗设备和国际无障碍宾馆式病房。医院形成以医疗康复为基础，以职业康复为核心，以就业培训和心理康复为重点，最大限度地促进伤残患者全面回归社会和重返工作岗位的康复模式。开设的部门有内科、外科、骨关节康复科、神经康复科、烧伤康复科、儿童康复科、老年康复科、中医科、康复治疗部、职业社会康复部等专业科室，开设项目有：物理治疗（声、光、电、磁）、运动治疗、作业治疗、认知言语治疗、吞咽治疗、心理治疗、虚拟情景模拟训练、中医、针灸、水疗、按摩、理疗、假肢矫形器装配、职业社会康复和社区康复培训指导，主要服务对象为脑瘫、偏瘫（脑中风康复期）、截瘫、四肢瘫、骨创、烧伤、儿童自闭症、儿童智力障碍、儿童脑瘫、老年康复等病人。张家满决心通过几年的努力，将萍乡佳满康复医院打造成赣西地区工伤康复样板基地和萍乡市养老护理示范基地。

10 多年来，株洲佳满假肢矫形技术开发有限公司还在株洲市中心医院、衡阳市南华附一院、益阳市第一中医院、湘潭市中医院、怀化市第一医院、益阳市中心医院、江西萍乡市人民医院、江西新余市人民医院等三甲医院设立 20 多个支具室。

经过 10 多年的打拼，张家满从当年仅有 3 名员工、年产量不足 30 万的家庭式作坊，发展成为一个拥有两家三级康复医院、1 个司法鉴定所、4 家分公司、5 处生产基地、1 个职业技术培训学校，年销售额有 6000 多万元的国内一流知名企业。

10 多年来，佳满假肢不仅规模迅速扩大，更为可喜的是，它已从单一的假肢、矫形器生产装配，扩展到康复医院、职业技术培训学校、司法鉴定等诸多门类，形成为伤残人康复就业服务的“一条龙”。这对于残疾人的全面康复、国家精准扶贫和社会稳定的确是意义非凡。

10 多年来，张家满在全国假肢行业创造了 4 个“第一”：第一个征地建企业；在假肢行业第一个设立司法鉴定所；第一个开办职业技术培训学校；第一个开办康复医院。现在，佳满假肢公司已经成为全国假肢矫形器行业的翘楚。

第十一章

理念之光

株洲佳满假肢矫形技术开发有限公司飞速发展壮大，令人瞩目，令人神往。国内不少同行和企业老总都纷纷前来考察取经。他们都迫切希望窥读张家满办企业的秘籍。

张家满说：“我的经验只有6个字，这就是‘理念决定一切’，一个人要变得伟大，一定要首先想得伟大；一个企业要辉煌，一定要首先想得辉煌。想得有多高，才能飞得有多高。我十分欣赏俞敏洪的那句话——‘如果你的内心只有草的种子，你就是草；如果你的内心有树的种子，你必然长成树’。”

初听起来，张家满好像说得有点玄乎，但如果认真考察一下佳满假肢矫形公司发展壮大的全过程，谁都会说，张家满确实是个实在人，事实就是如此。张家满的目标理念、质量理念、服务理念、人才理念、大康复理念，的确是他成功致胜的法宝。

张家满认为，目标是企业发展的引擎，是指引企业乘风破浪的灯塔。他说：“作为企业，不追求利润是假话，没有利润的

积累，企业就无法发展壮大。但是财富不是我追求的唯一目标，我始终不忘初心——让和我一样的肢残人重新站起来。我不追求从他们身上赚多少钱，而是努力追求帮助他们重拾自信，真正享受正常人的生活，我要颠覆残疾人是家庭和社会累赘的定义，把他们变成社会财富的创造者。”正是由于心中的梦，企业亏损时，他没有退缩，一次次的困难和挫折，也没有把他打垮，而是愈战愈勇。张家满说，一个人如果怀揣梦想，目标明确，就会每天都充满朝气，充满斗志，就会像非洲大草原上的狮子一样，每天清晨一睁开眼睛，想的就是今天一定要捉住那只跑得最慢的羚羊，或者像非洲大草原上的羚羊一样，每天清晨一睁开眼睛，想的就是今天一定要跑得过最快的那头狮子。

张家满追求产品质量，视质量为企业的生命。他认为只有生产出可靠的产品才是对客户的尊重。为了保证产品的质量，公司坚持从四个方面努力：一是选用最优原材料；二是精心设计产品，三是确保零配件质量，选用世界上最好的零配件；四是狠抓组装质量。公司始终坚持从客户的角度出发，精心打造令客户满意的假肢、矫形器品质。当质量与成本发生矛盾时，张家满坚持的是成本一定要服从质量。从来宁愿牺牲自己的利益也要维护客户利益和社会利益。员工们都不会忘记张家满在员工大会上讲述的海尔掌门人张瑞敏砸烂 76 台不合格冰箱的故事。他说：“张瑞敏说得好，‘我们今天不砸冰箱，明天人家就会砸我们的工厂’，正是由于他对质量的高要求，让海尔从一个亏损 147 万的集体小厂迅速成长为中国家电第一名牌。”在公司的中高层干部会上，有人曾提出“企业的关键是营销”的观点，张家满的回答是:“错！大错！著名的营销大师菲利·科特勒曾经说‘最好的营销就是创造好的产品’。”他提出坚决实施产品“零缺陷”战略，坚决消灭短板，要求全体员工，特别是检测人员，一定要对产品严格把关，决不让产品有半点瑕疵。正是因为追求质量，佳满公司才得到众多客户的一致认同，声名鹊起，赢来广阔的市场，得到社会各界的广泛赞许和蓄势未来的发展空间。

张家满坚持“服务为王”的理念，他认为产品的美誉度和忠诚度都是靠企业的服务取得的。他一次又一次跟员工们讲:“工资不是老总发的，是客户发的，是靠客户养活我们，我们一定要尽心尽力为客户服务！”有的客户可能是半信半疑而来，但都是满意而归。公司像亲人一样热情接待、服务肢残患者。肢残人安装假肢康复后，公司还会像走亲戚一样进行回访。

张家界市慈利县有个叫陈志斌的肢残人，孤身一人来到株洲火车站，公司马上派车接他来公司。他在床上躺下后起不来，衣服不能洗，公司便安排人每天扶他起床，给他洗衣、喂饭，扶他上厕所。饮食起居，公司全无偿悉心照料。陈志斌安装假肢后，但又不知道如何用力，如何迈步，张家满安排康复师一天又一天耐心地对他从步态、步速到步频进行精心指导，扶着他反复练习。经过较长一段时间的努力，终于使陈志斌的假肢与残肢逐步磨合成了像他自己的原腿一样自如。住院一个月后，他行走自如地回到了慈利。20多天后，张家满亲自来到慈利进行回访。陈志斌十分感动，逢人就夸佳满假肢矫形公司不是家但胜似家，不是亲人胜似亲人。他说:“我在佳满假肢享受了从未享受过的温馨。”为了表达感激之情，他给公司送来了“精湛的技术，一流的服务”的大锦旗。

张家满认为，企业竞争，实际上是人才竞争，目标靠人去追求，质量靠人去保障，服务靠人去完成。员工永远是公司的第一财富。他的人才理念是“培养是关键”。他说:“这是我从高盛公司的前老总高盛那里得到的启示。高盛公司总部的收发室有一名职员，因为收发信件，常常跟老总打交道，老总觉得这个孩子工作态度特别认真，人也不笨，就开始慢慢教他。过了20多年，他成为高盛的第一把手。”

张家满认为，只有培养，人才才能脱颖而出；只有培养，员工的整体素质才会大幅度提高。张家满求才若渴，从公司长远发展考虑，他不惜重金聘请了两位博士分别担任康复医院的正、副院长，并从国内外引进了一大批专业技术人才，使员工队伍的文化结构、知识结构，专业技术结构不断趋于合理。同时，张家满坚持以德为先、不拘一格选人才，不重学历重能力，对残疾人高看一等，优先录用。他先后招聘50多名残疾人在公司就业，但残疾人普遍学历低，缺乏工作经验。因此，他特别注意抓好培训教育，既抓职业技能培训，又抓文化知识教育，还十分重视自信励志教育。既在公司内部培训，多次请来美国、法国、德国的著名假肢专家来公司讲学，又送有关人员去外地培训。有一位叫黄河的残疾人，在公司装配小腿假肢后，通过职业培训留在公司工作。几年来，公司多次送他到广州、上海、西安、北京等地进修。他技术长进很快，相继获得国家假肢制作师和矫形器制作师的资格。2008年，他参加湖南省行业技能竞赛，荣获三等奖，并取得高级技师资格，现任公司技术部主任。

在多年的工作实践中，张家满深深感到，如果只是帮助残疾人站起来，做得还远远不够，还必须帮助他们像正常人一样自如地行走，并且具备良好的心理品质，拥有一技之长，才能重新做自己的支配者，真正成为一个堂堂正正的人，过上幸福而有尊严的生活。基于这种认识，张家满形成了“残疾人大康复”的理念。他主张以医疗康复为基础，以职业康复为核心，以心理康复为重点，通过给肢残人装配假肢和康复训练，让其丢掉拐杖，像正常人一样行走，然后对他们进行职业技能培训，使其掌握一技之长，顺利上岗就业，成为社会财富的创造者。同时，抓好对残疾人的心理康复，让其充满信心，充满阳光，能跨越障碍，创造奇迹。从单一的假肢生产与装配帮助残疾人站起来，到让肢残人身心全面康复。张家满又迈出了强健的一步。“大康复理念”引领着佳满假肢公司向更广阔的空间发展，形成了多维的全面系统地为残疾人康复服务的机制，得到无数残疾人的赞誉。

有一位叫简元林的，小时被火车轧断双腿，父母离异，流落街头讨饭，内心十分自悲。张家满免费为他装配双小腿假肢，然后，又对他进行了职业技能培训和心理辅导。小简高兴地说：“张总不仅帮助我双腿康复使我站起来了，而且点亮了我的心灯，使我精神也站起来了，走出了自悲自怜的阴影，对未来充满信心，我下决心要创造属于自己的天地。”通过培训，公司将他招聘为业务员。自信赋予他强大的力量，他刻苦钻研业务，经过几年的锻炼，已成为公司的业务骨干，担任佳满假肢公司江西办事处主任。2005 年，他娶了妻子，2006 年生了孩子，后来又在株洲县城郊盖起了小别墅，一家人过上了幸福的小康生活。

张家满的“大康复理念”，得到很多从事残疾人康复事业专家的充分肯定。中国残疾人康复中心赵辉三教授说：“残疾人‘大康复理念’是当前我国残疾人康复事业需要探讨的重要课题，也是努力追求的目标，张家满的经验十分宝贵，值得推广。”

第十二章
锐意改革

管理是企业的永恒主题。张家满一开始办企业，就坚持从严治企。他认为从严治企是企业发展的必由之路，只有通过严格的制度管理，才能让企业规范化、制度化，形成超强的战斗力。他把奖勤罚懒、优胜劣汰作为治企的重要手段。他将严格的制度、严格的执行、严格的考核和严格的管理，有序、有情、得法地建立起来，把严格管理的理念贯彻到每一项工作中，做到事事有人管，控制不漏项，有令必行，有禁必止，企业保持生产安全、质量可靠、效益凸显的良好局面，拥有强大的竞争力和旺盛的生命力。

但是，随着企业的不断发展壮大，人员不断增加，特别在外地设立分公司以后，张家满深深感到原有的管理办法和管理模式，已不能适应企业发展的需要。路在何方？张家满日思夜想，夜不能寐。他认真地回顾这些年来办企业的经历，反复咀嚼别的企业的先进经验。他意识到，一个企业家必须顺应变革，

善于变革，并且引领变革。他还认识到，看不见的管理不如看得见的管理，间接的管理不如直接的管理，而管理的最高境界应该是不需要管理的管理。他想，各个企业的技术骨干，企业的中高管都有辞职离开公司的，而唯独没有一个老板辞职的，原因就是因为企业是他的。如果让公司的所有人员都变成老板，那他们就会充分激发潜能，充分施展聪明才智，千方百计拼死拼活地为企业工作。

2013年至2014年，佳满假肢公司进行了经营权与所有权分离的改革，虽然效果不理想，但张家满从中拓开了改革思路，积累了一些正反面的经验。2015年他在中高层管理人员中又搞了超利润分红的改革，这对调动中高层管理者的积极性确实起了很大作用。但由于收入的差距拉大，又导致基层员工心理上的不平衡，积极性仍然未能全面充分调动起来。

2016年，张家满认真总结前几年的经验教训，决心进一步深化改革。目标是让大家都来当老板，群策群力、利益共享、抱团发展。针对假肢行业的特殊性，他把佳满假肢公司划分成很多个小单元和很多个利润中心，实行材料节约有奖，超利润分红。这一改革方案的实施，充分调动了企业所有人员的积极性。人人都感到企业是自己的，自己是企业的主人，工作的好坏直接关系到自己的切身利益。现在人员精简了，成本降低了，效益提高了。风雨同舟的团队精神迎来了企业的崭新面貌，全体员工决心持续奋斗去创造辉煌的明天。

张家满说："我现在正在与公司的高管们研究如何进一步深化改革，我的目标是要让佳满假肢公司成为"耕者有其田，商者有其股”的利益共享式企业，让所有员工“买车买房，接来爹娘。”开展“4S”服务，利用互联网思维，开设体验店，让客户零风险享受佳满公司的服务。同时，进一步拓展延伸佳满假肢公司的服务范围。

上级有关领导对佳满假肢公司的改革评价很高，认为很有推广价值，并提出要为此组织全国假肢行业管理改革高峰论坛。

第十三章

求知若渴

“知识、人才是事业成败的关键。”张家满经常如是说。他认为，自己能先后夺得国内外游泳大赛的 39 块金牌 10 块银牌，靠的是学习，向教练学习，向队友学习，向对手学习；办企业，同样靠学习，靠博采众家之长。他的求知欲非常强，虽然长时间的体育训练以及过早地参加工作，未能成就他的大学梦，但他参加工作以后，无论怎样忙碌，都要挤出时间读书，经常忙到凌晨一两点。经过近十年的不懈努力，终于如愿以偿，先后获得经济管理专业的大专和本科文凭。下海创业后，他为了弄懂弄通假肢、矫形器的制作原理和技术，买了大量的专业理论书籍，长期坚持自学。花了 3 年时间全面通读了《假肢学》《矫形器学》《骨科学》等相关专著，并远到武汉、上海、南京、北京、沈阳等地拜专家、求名师释难解惑，学习技术。上级有关部门举办相关的技术进修培训班，他不惜花钱、花时间和公司的技术骨干一次不落地参加。几年下来，理论、技术水平大有提高。他和他的4个弟子，经国家考试考核，都先后获得国家假肢制作师或矫形器制作师资格证书。现在，张家满已经成为业内小有名气的专家，经常参加国内外相关的技术交流和论坛，并被湖南省中医药高等专科学校聘为兼职教授，负责讲授康复课程。

张家满在湖南中医药高等专科学校讲学，除了结合自己的实际情况讲授康复专业知识，还总是反复勉励大家多读书。他说："张元济先生曾经说过'天下第一好事，就是读书'。'天下'而又'第一'，可见读书是何等重要。以色列的人口只占世界的2%，而在全世界700多个获诺贝尔奖的人中，以色列却大约占世界的1/5，其中诺贝尔物理学奖占了27%，医学奖占了31%。这其中一个十分重要的原因就是这个国家的所有人都热爱读书，就连乞丐也离不开书。毛主席曾经说过，饭可以一日不吃，觉可以一日不睡，书不可以一日不读，这是很有道理的。因此，我每天不管怎么忙，都保证有一定的时间读书。"

张家满认为要跳出自家看自家，跳出企业看企业，跳出行业看行业，跳出中国看中国，这就需要通过读书，通过学习，广泛博取众家之长，为我所用。只有取众人之长，才能长于众人。因此，他不仅认真攻读专业名著，还广泛涉猎古今中外各种书籍，既从国内著名企业家的文章中得到营养，也从世界各国著名企业管理经验中汲取精华。马云缔造电子商业帝国——阿里巴巴的出奇战略，董明珠将格力打造成世界名牌的经典传奇，褚时健坚韧、执着、勇于担当的王者品性，牛根生专注、往死专注的逻辑走向，宗庆后心无旁骛、超乎常人的行事路径；

史玉柱执着诚信、锐志进取的始终坚守……都慢慢地融入到张家满的血液中。英国企业的制度、美国企业的创新、日本企业的精益、德国企业的规范……张家满将案例一个又一个地拿来为佳满假肢公司所用。

多年的读书学习，张家满的体会是：“好好学习，天天向上。”这不仅仅是小学生的口头禅，也完全适用于任何一个怀有梦想的有志之士。只要我们还有理想，还有奋斗的人生目标，就要好好学习，天天向上。“好好学习”是态度，“天天向上”是结果。如果能好好学习，人就会看得见远方，抵得住诱惑，走得出逆境，耐得住寂寞；就不会缺失信仰而精神迷茫。

第十四章
爱的奉献

张家满说："我觉得一个自私的、只关注自己利益的人，不管赚多少钱，都不能叫做成功。真正的成功是既能自我成长，又能帮助社会进步。"强烈的社会责任感，无私的奉献精神，对残疾人和残疾人事业的特殊感情，驱使张家满时刻想着如何更好地为残疾人做实事、做好事，回报社会。

汶川大地震不幸发生后，张家满心系灾区，慷慨解囊，捐款10万元。后来，他从"都市一时间"的《川越暖冬》活动中得知，灾区来长沙治疗的两名截肢患者需要装配假肢。他立即赶赴省城，将两名患者接来公司，免费住院食宿，免费装配假肢和康复训练。两位患者康复后，他又派人专程护送回四川。两位患者及其家属深受感动。小患者文鑫说："我长大了也要像张叔叔一样当老总，像张叔叔一样帮助残疾人站起来。"

娄底市青年李拼，5岁时不幸被矿车轧断左腿。2000年高考超过重点本科分数线34分，因腿残而被拒录。2001年，他

高考考了602分仍未被录取。经媒体报道后，引起了省委、政府领导的高度关注，才被长沙交通学院录取，但其因腿疾而生活很不方便。张家满得知这一情况后，免费为他装配价值两万多元的大腿假肢，有效地提高了他的生活自理能力，他更加发奋学习。现在，李拼已成为省城一家著名企业的高层管理骨干。他说:“我要向张总学习，多做贡献，热爱公益事业，努力回报社会。”据统计，10多年来，张家满为灾区，为贫困地区捐款200多万元，免费为200多名残疾人装配了假肢，为家庭贫困的伤残患者减免食宿费有100多万元。

为了更好地帮助残疾人能像自己一样站起来，张家满每年投入数十万元，不断改善和提升公司的设施设备，送有关人员到北京、上海、西安等地进修，使公司特别是康复医院的服务质量得到很大的提高。张家满还努力为那些前来寻求康复的贫困残疾兄弟姐妹解决具体困难。株洲市荷塘区有个残疾青年叫沈建佳，既耳聋，又左小腿截肢，张家满免费为其装配假肢，免费进行康复训练和职业技术培训，培训后又留他在公司就业。现在他每月工资收入有5000元左右，与一正常女青年结了婚，生下了龙凤胎，购买了新房，一家四口其乐融融。

张家满独特的人格魅力和敬业精神感染了一大批人才追随他，一起为残疾人康复事业做出了大量卓有成效的工作。10多年来，佳满公司累计为25000多肢残患者装配或更换了假肢，为20万名伤残病友或准残疾人装配了各类矫形器，让一些“X”形腿、“O”形腿、马蹄形内翻畸形足、脊柱侧弯，斜颈等伤残人，通过装配矫形器，有效地预防和减少了残疾的发生。佳满公司为数千名截瘫和工伤患者提供了良好的康复服务，使数以万计的各类患者得到了有效康复。佳满司法鉴定所为2000多名受害致残者提供了司法鉴定服务，维护了他们的合法权益。

张家满常说:“作为残疾人企业的老总，必须站高、看远、想深，残疾人事业的一厘米宽度，应想一公里的深度。做残疾人康复事业，不能只停留让残疾人身体的康复，还必须想到如何让他们心理也得到康复，回归社会，参与社会，上岗就业。”为此，他十分重视残疾人的心理康复和就业培训，帮助数以万计的残疾人走上了就业岗位，使他们由家庭和社会的累赘变成了社会财富的创造者，为社会的和谐稳定做出了很大的贡献。

从2005年以来，受株洲市残联的委托，在株洲市人力资源和社会保障局的关心指导下，佳满公司每年举办残疾人职业技能培训班，至今已办13期，使300多位残疾人学到了劳动技能，有90%以上的人找到了满意的就业岗位。其中53名被招聘在佳满公司上班，有的还成为技术骨干。

株洲县的残疾青年人田雷，父母离异，小腿截肢。他用可乐瓶和木头自制假肢，残腿经常被磨得鲜血淋漓。公司免费为他装配假肢，通过技能培训后留在公司工作。张家满拿出几万元送他到西安等地进修。现在，他已获得国家矫形器制作师资格证书，每月工资有5000多元，不久前还买了新房。

湘乡市青年张亮金，大腿截肢。他破罐子破摔，经常与人打架斗殴，后来把别人砍成重伤，被判刑入狱，出狱后仍不思悔改。父母把他的衣服、床铺、被子、蚊帐全部烧光，赶他出门。无奈之下他找到佳满假肢公司，恳求收留他。张家满想，如果让其流浪，可能成为社会的隐患，应下决心要使他浪子回头。张家满将他收下，给他免费装配假肢，并进行职业技能培训，同时亲自抓对他的教育和管理。张亮金转变很快，他也经常出现反复。张家满便反复抓，终于把一匹劣马教育培养成了骏马。现在张亮金成了公司的技术主管，每月工资7000元，另外还每月可领到400元的技术津贴 。他买了房子，娶了妻子，生了孩子。2016年，他还被评为优秀管理者，受到了公司嘉奖。对那些确实无法就业的残疾人，张家满就尽力安排其家属到公司上班。醴陵市东富乡曾国，祖父因近亲结婚，致使曾国父亲成为智障残疾，家庭特别困难，张家满安排曾国在公司就业，使他家每年增加了6万多元的收入。

像这样获得张家满支持和帮助而成就事业的伤残朋友数不胜数，湖南省委原副书记吴向东听闻张家满的感人事迹后，十分赞赏他对残疾人事业的无限热情、矢志不移的精神和持之以恒的努力，欣然挥毫为其题词：“勇于拼搏，乐于奉献。”

第十五章

不辱使命

张家满的不凡贡献，张家满的巨大影响，使他头上有着许多耀眼的光环。随之，他的社会兼职也越来越多。他先后担任醴陵市人大代表、醴陵市政协委员、醴陵市慈善协会副会长、株洲市医疗器械协会常务理事、株洲市工商联常务理事、株洲市残疾人联合会副主席、株洲市天元区人大代表、株洲市第八、九届政协委员、湖南省第二届残疾人联合会副主席、湖南省第二届肢残人协会主席、湖南省康复医学会常务理事、湖南省司法鉴定协会常务理事、湖南省福利协会常务理事、江西省萍乡市安源区政协委员。

“职务不是荣誉，而是沉甸甸的使命和责任，既然选了我，我就不能做‘花瓶’和‘应声虫’，要忠诚履职，认真办事，切实发挥自己的作用。”张家满经常这样说。多年来，他一直用行动诠释着自己的社会责任与担当。

张家满把责任和使命扛在肩上，坚持深入基层，倾听民声民

意，反映群众诉求，竭力为残疾人代言。他坚持对接宏观政策，对接企业实际，建务实之言，献睿智之策，尽精诚之力。

近五年来，张家满先后被推荐担任株洲市第八、九届政协委员。当选之初，他常想，怎样才能参好政、议好政，不辜负人民的期望，切实履行政协委员的职责，做一名合格的政协委员呢？为此，他从“充电”开始。政协工作对法律、程序的要求极为严格，他认真学习法律、法规和中国人民政治协商制度的理论。通过学习，他的政协委员责任意识、公仆意识和法律意识显著增强，履职能力不断提高。在政协大会期间，他认真履行委员职责，认真听取并审议“一府两院”报告，认真行使表决权和选举权，对会议的各项报告、议案，积极发表自己的意见、看法，明确表明意愿、立场和态度。他积极参加政协闭会期间的各项活动：一是围绕市域经济社会发展中的重点、难点，群众关心的热点问题积极建言献策，结合自己的工作实际认真撰写提案；二是研究难点搞调查，主动深入实际、走访群众、听取意见，认真提出提案和建议，为党政科学决策提供重要依据；三是积极参加政协组织的以履行委员职责为主要内容的各类活动、例会，扩大政协的社会影响，树立委员积极参政议政的良好形象。他积极参加政协组织的调研、视察、参观、学习、协商、座谈等活动，为政协履行职责拓宽渠道。

张家满针对株洲市体育馆场地设施陈旧落后的情况，写出《增加投入，改造体育馆》的提案，并在联组会上发言，引起了政府领导的高度重视，随即拨出专款，对体育馆进行了改造，使体育馆面貌焕然一新，群众无不称好。接着，张家满还针对有关部门只重视竞技体育，而忽视群众体育与全民健身活动的情况，通过广泛调查，写出了《大力开展全民健身活动，增强人民体质》的提案，引起有关领导的高度重视，不仅在联组会上发言，还成为政协委员会的大提案，政协发出积极开展全民健身活动的倡议。市委政府对此十分重视，采取了许多措施，使株洲市的全民健身活动轰轰烈烈开展起来，受到广大群众的高度赞扬。为了进一步保护湘江母亲河，提升株洲的卫生水平，通过一段相当长时间的调查，张家满写出《要下决心消灭湘江两岸卫生死角》的建议，得到市委书记毛腾飞亲自批示，引起了有关有部门的高度重视。

张家满说："提案中的建议能够被采纳和肯定，对于政协委员来说是最高兴的事，也是政协委员的价值体现。它能促进委员在以后的工作中更加认真细致地开展调查研究，把提案写实写细，为领导决策提供更多有益的参考。"

张家满十分注意利用政协委员的平台，为残疾人鼓与呼。2016 年，他为了对脊髓损伤残疾人的情况进行摸底调查，组织了 8 人的调查组，对株洲市五区、五县的脊髓损伤残疾人进行抽样调查和慰问。调查前认真制定了调查慰问方案，进行了明确分工。调查时，不仅认真询问情况，还拍摄了视频。先后花了两个月时间和 11 万元，对 50 个脊髓损伤残疾人家庭进行了慰问和调查。调查结束后，他又反复修改，形成了调查报告，撰写了《要切实帮扶脊髓损伤的残疾人》的提案。情况表明，不少残疾人的处境相当艰难，有的甚至是妻离子散，生不如死。张家满从残疾人及其家人的倾诉中，领悟到了责任与担当。残疾人的处境，有的领导和部门不是不人道，而是不知道。他说，全国有8500万残疾人，平均每4个家庭中，就有一位残疾人，相当于一个中等国家的人口，他们的情况怎么样，直接关系到2020年我国能否真正达到“小康”。张家满大声疾呼：“残疾人事业是一面镜子，折射出社会进步与公平正义，精准扶贫，一定要特别关注因残致贫、因病致贫的弱势群体！我衷心希望大家都有正义仁爱之心、同情怜悯之意、善良助人之举。”他的发言使大家感到十分震惊。株洲市民政局、株洲市残联、株洲市慈善总会三家决定采取“精准扶贫”办法对全市200名脊髓损伤残病人进行帮扶，先对每个脊髓残疾人帮扶5万元，共需1000万元；由民政部门出资300万元，慈善总会组织资金300万元，另外募集400万元。现在这一工作已经启动，进展顺利，势头良好。2017年5月，株洲市民政局、株洲市慈善总会、株洲市残疾人联合会联合主办了“让爱撑起人生路——让截瘫患者站起来”工程大型慈善公益活动开启仪式，张家满和一批爱心企业、爱心人士纷纷捐款。市民政局、市慈善总会和市残联也分别拿出数百万资金，目前爱心款累计超过1030万元，将专门用于救助截瘫患者。

张家满不辱使命，忠诚履职，对推动政府工作发挥了很好的作用。同时，他也树立了政协委员的良好形象，他年年被评为“优秀政协委员”。

第十六章

温馨之家

“一个成功的男人背后，一定站着一个伟大的女人”。

成功的张家满背后，站着的是他的爱妻，伟大的女人刘伯华。

一提到刘伯华，张家满总是赞不绝口：“我非常感谢老婆，没有她，就不会有我事业的辉煌，就没有一个温馨的家，甚至可能改变我的人生轨迹。”

有一天，笔者问刘伯华：“你是怎么爱上张家满的？”

刘伯华幸福地笑着说：“古人说，夫妻是老天注定的，我不知是真是假，但我知道我和家满是缘份不浅，肯定是曾经一起修行几千年。不知为什么，我一见到他就喜欢上了。后来通过不断接触，他的人格，他的追求，他的善心和责任心更是感动了我。我真觉得他是我日夜仰慕追求的梦中人，家满只有一条腿，但我不在乎。断臂的维纳斯是全世界最美的女神，家满虽然少了一条腿，但他是我心中最美的男神，我要成为家满的另

一条腿。这么多年来，我们在一起，我感到十分温暖。我觉得作为一个女人，最大的成功，莫过于婚姻的成功；最大的幸福，莫过于家庭的幸福。要幸福就要找到一个一辈子最适合自己的男人，这点我做到了。我深深感到，爱对了人，每天都是幸福的。”

刘伯华没有韩国女孩孙英仙的狂热与浪漫，但洋溢着东方女性特有的温婉与清丽、文静与温柔、宽容与博爱，同时，她也有着许多中国女孩没有的“不一样”。

人们常说，男人的一半是女人，女人的一半是男人。刘伯华深深地爱着她的另一半，但又给他的另一半留有很大的独立空间，有着一般女人做不到的大度。

张家满与刘伯华结婚后，家庭很幸福，很满足，但他仍然会常常想起孙英仙，不知这个远在韩国的美丽女孩，是否也会常常想起17年前曾与他一起度过的那10个刻骨铭心的日子。张家满一直记得，孙英仙最后一次给他来信是在2001年。他从信中知道，她当时正在澳大利亚留学，还寄来了她在澳大利亚的照片。直到多年以后，张家满还会经常拿出孙英仙的信和照片，反复地看。尽管张家满有了妻子与儿子之后两人的来信不像以前那样频繁，但他心里依然珍藏着那份初恋的美好。

张家满与别人不一样，他从不隐瞒自己的那份思念与真情，他坦荡地将孙英仙那么多来信与照片拿给妻子看。

刘伯华也与众不同，她不“吃醋”，完全理解丈夫的心情。她只是笑笑说：“我没有韩国姑娘漂亮，不后悔吧？”

张家满走过来紧紧地拥抱着她：“亲爱的，你是我一生无悔的选择！”刘伯华说：“这些信和照片，你可得好好珍藏着，这是你在国外的罗曼史，等以后孩子长大了，你还可以让孩子看看，读读你的初恋故事。”

刘伯华说：“爱一个人，就要爱得坦荡，忧愁可以一起分担，初恋的秘密，也可以一起分享！家满在我面前坦露他的初恋，正说明他对我的深爱与信任。同时，我也认为共同欣赏他的初恋，也是我们夫妻之间一种别样的美丽。”

一天，刘伯华依偎在张家满怀里说：“我们一起到韩国去看看孙美女吧，看看她现在生活是不是幸福。”这，正是张家满多年的夙愿，但又考虑到妻子的感受，没想到妻子首先大胆提出来了。张家满十分感激妻子的善解人意。

2006年春天，张家满和刘伯华携孩子一起飞往韩国，与孙英仙实现了久违的相见。摄影机前留下他们4个人的幸福微笑。

很多人知道刘伯华、张家满夫妇到韩国会见初恋情人的故事后，都对刘伯华的爱情观称赞不已。

刘伯华不仅在爱情观念上与人不一样，在其他方面也有着许多与众不同。

有人说，“上有老，下有小”是中年人的烦恼，是人生的艰难处境。而刘伯华却说这是人最幸福的年代，是一个家庭温馨的体现，否则家就不够完美。她对公公婆婆照顾得无微不至，经常嘘寒问暖，为了让饮食适合老人的口味，增加营养，她总是反复征求老人的意见，还经常向朋友学习做菜的经验，多次上网查阅资料，不断改进烹调方法。近年来公公婆婆身患重病，她更是照顾得周到细致。公公婆婆逢人就夸儿媳妇想得周到，做得好。

溺爱、骄惯孩子，只重孩子学习成绩，不重思想品德教育，这是当前中国父母的通病。刘伯华夫妇只有一个孩子，但对孩子从小严格要求，始终坚持把培养孩子良好的思想品德放在首位，特别是注意培养孩子的爱心、孝心和责任心，教育孩子要老实做人，踏实做事。她不让孩子拥有“富二代”的优越感，经常有意让孩子吃点苦，努力通过多种方式培育孩子的独立生活能力和自信自强精神。由于她们科学育儿，儿子茁壮成长，学习成绩优异，德智体美诸方面发展良好，现在已成为加拿大一所名校领导艺术管理专业的研究生。

张家满说：“我们俩结婚时没有华美的婚纱，没有高雅的殿堂，也没有像‘在天愿作比翼鸟，在地愿为连理枝’的海誓山盟，但20多年来，我们平淡但很温暖，辛苦但很幸福，我们几乎没有过真正的矛盾和吵架。”

张家满与刘伯华精心经营婚姻，家成为他们打拼的加油站，生活的驿站。张家满说，刘伯华不仅是他的贤内助，也是他事业上的左膀右臂。他说他永远忘不了下海办企业时，众人反对，唯独刘伯华支持他；企业开办初期亏损严重，他面临崩溃，心情变得烦闷，性格变得暴躁，是刘伯华用她柔嫩的臂膀，春风般的安抚温暖了他的心。张家满还清楚记得她给他朗读汪国真的诗句：“既然选择了远方，便只顾风雨兼程”“没有比脚更长的路，没有比人更高的山。”这使他释放了心理负担，有了重新崛起的力量。张家满也永远忘不了是刘伯华给他出了许多好点子，给员工做了许多思想工作，给企业化解了许多矛盾。他也忘不了在他事业取得成就时，是她给他喝彩、鼓励和加油，与他一起分享成功的喜悦。张家满曾在日记中写道:“亲爱的老婆，你不仅是我生活的伴侣，也是我事业的知音，还是我坚强的后盾，20多年来，我们共同走过和面对，共同奋斗与付出，在付出中收获了喜悦，在奋斗中感受了快乐，在奔忙中体验了幸福，感谢生命中有你！”

第十七章

冲刺卌金

张家满在国际、国内游泳比赛中先后收获了39枚金牌，单腿游出了人生精彩。淡出泳坛的他决心还要再夺一金，向党和人民交上第40枚金牌的人生答卷。

10多年来的努力，张家满已把一个只有3个员工、20多万元固定资产的家庭式作坊，发展成为全国业内一流的知名企业，为帮助残疾人、发展残疾人事业做出了突出贡献。他先后获得众多荣誉和奖励，很多人都夸赞张家满已将第40枚金牌收入囊中。但张家满却说:“第40金离我还很远，国内假肢行业我还只是前五强，而不是‘老大’，比起世界上那些最著名的假肢公司，更是有较大的差距。‘路漫漫其修远兮，吾将上下而求索’！我将率领我的团队朝着‘成为中国伤残人康复领域的领导者’的宏伟目标奋勇前行。”

为了冲刺第40金，张家满和公司的高管们确立了公司的近期、中期和远期的发展战略，制订了长远的、具有前瞻性和可操作性的发展战略规划，高起点绘制了企业发展蓝图。公司将始终以“专注于伤残人士的健康事业，提高他们的生活质量，升华他们的生命价值”为努力奋斗之使命，决心将株洲佳满假肢公司打造成湖南佳满健康产业集团。下辖湖南佳满假肢矫形技术开发有限公司、长沙佳满假肢矫形技术开发有限公司、株洲佳满康复医院、萍乡佳满康复医院、株洲佳满司法鉴定所、株洲佳满职业技术培训学校。公司进一步优化服务流程和标准，利用互联网思维，开展“4S”服务，开设10家体验店、100家支具室，整合专家和技师资源，为伤残患者提供定制服务。

株洲佳满康复医院、萍乡佳满康复医院，开设10家连锁康复医院，进一步拓展业务。同时以康复医院为依托开设10家佳满养老院，对需要全托的失能失智老人开展医养相结合的养老护理服务。养老院下设养老服务中心、智能居家养老服务站和日间老人照料部。养老服务中心和智能居家养老服务站通过软件管理和智能化服务，对两公里以内的老人提供居家医疗、应急、代购等帮助，设置日间养老服务站，设置多种养生休闲设施，开展餐饮服务，让其附近居家的老人可以来养老院休闲娱乐和就餐，形成了小区养老服务的“一条龙”。佳满职业技术培训学校也借助这个平台进一步发展壮大。

为了实现这个目标，公司制定了新产品开发计划、人才培养与扩充计划，市场开拓计划、服务提升计划、成本控制计划和品牌塑造计划，决心进一步提升产能，加大研发投入，拓宽产品市场，进一步提升公司产品的市场占有率和行业知名度。公司将进一步完善人才激励机制，形成一整套的“事

业留人、感情留人、政策留人”的用人奖惩办法，使公司员工能人尽其才。

通过对公司发展战略的宣传，进一步增强了公司员工的凝聚力，广大员工都能自觉融入企业的发展目标中，将公司“诚信尽责、品质至上、团结协作、开拓创新”的核心价值观融入自己的血液中，落实在行动上，出现了前所未有的群策群力、同舟共济、共谋发展的可喜局面。

回首峥嵘岁月，张家满披荆斩棘成绩辉煌。

展望锦绣前程，张家满豪气冲天誓夺第40枚金牌。

人生需要拼搏

（代后记）

多年与张家满的接触，深为他的精神和业绩所感动，感动之余写成了《爱拼才会赢》。

张家满童年时因车祸致残，他原来的愿望只是求不沿街乞讨，能自谋其生。然而，凭着他的追求与拼搏、坚韧与执着，夺得国内外游泳比赛的39枚金牌、10枚银牌，淡出泳坛后，他艰苦创业，成就了残疾人事业的辉煌。一个残疾人没有为社会、为政府增加负担，不是靠别人的救济和帮助去生存，而是用自己的努力去为这个世界创造价值，为国家分忧，为残疾人造福。张家满的人生路径揭示一个人生真谛：“人生需要拼搏，爱拼才会赢。”

著名作家冰心有一句诗一直为人们所传诵：“成功的花儿/人们只惊慕她现时的明艳/然而当初它的芽儿/浸透了奋斗的泪泉/洒满了牺牲的血雨。”伟大都是拼出来的，何止伟大，世间所有成就，人生的每一步成长，其实也都是拼出来的。在生活中，我们每个人都一直在不显山不露水地拼，只要你坚持到

底，执着追求，不断努力，你就会拼出成就，拼出资本，拼出地位，拼出财富……

张家满说：“任何一个人想要改变自己的人生，想要改变自己的命运，最佳的法宝就是去拼搏。”张家满的“拼”，拼出了佳满假肢公司今天的“牛”，拼出了人生耀眼的光彩。

无数事实告诉我们：爱拼才会赢。破釜沉舟，换来的是“百二秦关终属楚”；“卧薪尝胆”，得到的是“三千越甲可吞吴”。在里约奥运会上，女排顽强拼搏，在不利情况下连扳三局，夺取了阔别 20 年的奥运冠军。

爱拼、敢拼、善拼就能超越自己，超越别人，超越人们认为的“不可能”。就会“长风破浪会有时，直挂云帆济沧海”，就能书写出彩的人生传奇。

人生怎样拼搏呢？张家满给出的答案是：“忍受别人无法的忍受，坚持别人无法的坚持，付出别人无法的付出，才能得到别人无法的得到。”是的，只要拼博，再拼搏；坚持，再坚持，就会拥有未来，就会创造生命奇迹。只要走得比别人更久，就能走出别人所不能达到的距离；只要走得比别人更远，就能看到别人看不到的风景。

拼搏必须挑战逆境，承受委屈，战胜困苦。面对精神上和肉体上的折磨，这就需要超乎常人的忍受和坚持。一般人承受不了的痛苦和委屈，你得承受；一般人需要别人理解、安慰、鼓励，但你得常常为自己“鼓掌”；一般人用消极态度来发泄情绪，但你必须看到爱和阳光，在任何事情上学会转化；一般人需要别人的肩膀在脆弱的时候靠一靠，而你就是别人的肩膀，必要的时候，还要充当别人的心理医生；一般人面对飞短流长，是灰心沮丧，而你必须挺住。

拼搏，面对别人认为的“不可能”要敢于去挑战。王者之道是：脚比路长，人比山高，选择了梦想，就要不惧前路艰难，勇敢搏击，就会打拼出一片新的天地。

张家满是条汉子，是拼搏的榜样，是超越的楷模，值得学习！请深信：给自己以拼搏，生命便会报你以辉煌。

写作本书的过程中，笔者得到了廖社庚、刘初元等先生的指点和帮助，也参考有关媒体关于张家满事迹报道的视频和文章（请原谅没有一一列出作者和出处）。此书付梓前，湖南省残联理事长肖红林先生拔冗作序，著名书法家胡云富教授题写了书名，为本书增添了光彩和分量。在此，一并深致谢忱。

由于本人水平有限，问题可能不少，企盼读者不吝赐教。

荣在奇

2017 年 9 月

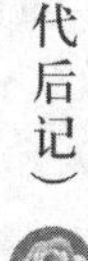

附录

附录一

张家满所获荣誉

享受国家特殊津贴的有突出贡献的游泳健将

醴陵市“十佳青年”

株洲市省届慈善奖

株洲市“最具影响力知名人物”

株洲市扶残助残先进个人

株洲市“十大杰出青年”

株洲市首届“吴运铎创业人物奖”

株洲市优秀政协委员

湖南省自强模范

湖南省“新长征突击手”

湖南省助残先进个人

湖南省扶残助残先进个人

国际、国内游泳比赛 39 枚金牌、10 枚银牌得主

附录二

张家满主要社会兼职

醴陵市第十届人大代表

醴陵市第九届政协委员

醴陵市慈善协会常务副会长

株洲市第八、九届政协委员

株洲市医疗器械协会常务理事

株洲市工商联常务理事

株洲市残疾人联合会副主席

株洲市天元区人大代表

株洲市肢残人协会主席

湖南省第二届残疾人联合会副主席

湖南省肢残人协会主席

湖南省康复医学会常务理事

湖南省司法鉴定协会常务理事

湖南省福利协会常务理事

江西省萍乡市安源区政协委员

附录三

张家满迄今履历年表

1970 年 9 月 20 日，出生于湖南省醴陵市。

1976 年 12 月 14 日，车祸致左小腿截肢。

1986 年 8 月，首次参加湖南省残疾人游泳比赛，获两个第一名，打破两项省残疾人游泳纪录。

1986 年，由民政部门出资装配假肢。

1987 年 6 月，参加湖南省第二届残疾人运动会，获 3 枚金牌、1 枚银牌。

1987 年 8 月，参加在唐山举行的全国第二届残疾人运动会，获 3 枚金牌、1 枚银牌，打破三项全国纪录。

1988 年 10 月 17 日，参加韩国汉城残奥会，获 1 枚银牌，两次打破残疾人奥运会纪录。国际奥委会主席萨马兰奇亲自为他颁奖，称赞他是“中国好少年”。

1988 年 10 月 24 日，在汉城受到韩国前总统金泳三的亲切接见，并与总统共进晚宴。

1988 年 10 月 26 日，在人民大会堂受到全国人大副委员长习仲勋、国务委员李铁映等领导亲切接见，并共进午餐。

1988 年，获株洲市群体工作特殊贡献奖。

1989年，参加在贵阳举行的全国残疾人“星光杯”游泳邀请赛暨第五届残疾人亚运会选拔赛，获3枚金牌，破3项全国纪录。

1989年9月，在日本参加远东及南太平洋地区残疾人运动会，获6枚金牌、两枚纪念奖牌，破6项亚太地区纪录。

1989年9月15日，在日本神户，受到日本皇太子亲切接见。

1989年9月20日，在人民大会堂受到党和国家领导人的亲切接见。

1990年，参加在昆明举行的全国残疾人游泳锦标赛，获3枚金牌、1枚银牌。

1991年，在北京受到全国人大副委员长彭佩云的亲切接见。

1991年，参加湘潭市举行的湖南省残疾人游泳比赛，获3枚金牌。

1991年，被破格录用为公务员，安排在醴陵市残联工作。

1992年，参加在成都举行的全国残疾人游泳锦标赛，获4枚金牌；参加在广州举行的全国第3届残疾人运动会，获3枚金牌、1枚银牌，破3项全国纪录。

1992年8月，在广州东方宾馆受到全国政协主席李瑞环的亲切接见。

1993年，参加在北京举行的全国残疾人游泳选拔赛，获3枚金牌，破3项全国纪录。

1993年10月6日，在人民大会堂受到党和国家领导人亲切接见。

1993年10月，应邀访问日本，先后访问日本9个州、10个县，做了19场精彩表演。

1994年，参加在北京举行的第六届远东及南太平洋残疾人运动会，获1枚金牌、1枚银牌，破两项亚太地区纪录。

1995年至1997年，在醴陵市委党校攻读经济管理专业。

1995年，参加在邵阳举行的湖南省第4届残疾人运动会，获3枚金牌。

1997年7月1日，加入中国共产党。

1999年，创办株洲市荷塘区佳满假肢康复中心。

1999年，参加在湘潭举行的湖南省第5届残疾人运动会，获3枚金牌。

1999年至2002年，在北京中国假肢学校攻读假肢与矫形器专业。

2000年，在株洲市高新技术开发区征地10亩建假肢生产厂房。

2000年至2012年，参加美国、德国、日本、英国、法国以及国内的辅助器具技术交流与培训，参加国内骨科学会和康复学会等技术交流活动。

2003年，获中国康复辅助器具协会颁发的《假肢制作师执业证》。

2004年，创办株洲佳满假肢矫形技术开发有限公司。

2005年，湖南省康复医学会同意佳满公司设立湖南截瘫行走器研制中心。

2005 年，在长沙设立佳满假肢分公司。

2006 年，在郴州设立佳满假肢郴州分公司。

2007 年，创办株洲市佳满司法鉴定所。

2008 年，被湖南中医药高等专科学校聘为兼职教授。

2008 年，在邵阳设立佳满假肢邵阳分公司。

2009 年，开办株洲佳满康复医院。

2013 年，获株洲市首届“吴运铎创业人物奖”。

从 2014 年起，任株洲市政协委员。

2014 年至 2016 年，攻读湖南大学工商管理专业。

2015 年，创办株洲佳满职业技术培训学校。

2017 年，创办江西省萍乡佳满康复医院。

附录四

彭教练夫妇的恩情永不忘

（谨以此文献给彭承克先生八秩华诞）

株洲　张家满

我，从一个截肢的残疾孩子，成长为39块金牌的得主、7家企业的董事长，很多媒体称我是“牛人”。我说，我的“牛”完全是得益于党和政府无微不至的关怀，是靠许多领导、教练和好心人的支持、鼓励和帮助。这里，我首先要感恩的是彭承克教练夫妇。

命运关掉了一扇门，彭教练开了一扇窗

我姓张，名家满，父亲为我取这个名字，寓意是由于我的降生家里会满园春色，欣欣向荣，我的一生也会处处满意，事事顺意。

可是，命运却偏偏与我作对：1976年12月14日下午，我与妈妈去拉煤，不幸被一辆货车撞倒，我的左腿被压掉了三分之一。当我在医院做截肢手术苏醒后，看着缠满纱布的半条腿，我号啕大哭：“我要我的腿！”爸爸妈妈摸着我的头安慰我，但

他们俩也是泪流满面。当时虽然我年纪小，但也深知失去一条腿是多大的悲哀。

出院以后，我完全靠一条右腿和拐杖过日子，每天听到的是“这孩子真造孽”的怜悯，或是“瘸子”“跛子”的嘲讽，只有爸爸妈妈总是安慰我，教育我要“身残志不残”。大概是由于我身上遗传着爸爸坚强乐观的基因，凭着顽强的毅力和志气，我没有被精神上和肉体上的煎熬打倒，反而铸就了坚定的信念。虽然只有一条腿，不但坚持了上学，还学会了骑车、游泳和打篮球。

1986年，时任醴陵市业余体校校长的彭承克教练，为了发展残疾人游泳体育，四处物色有一定游泳技能的残疾人进行培训。我经人推荐来到市业余体校，彭教练热情接待了我，要我进行了试游。他说，我虽然姿势不行（狗扒式），但有发展潜力，是株可以培训参赛的好苗子。他随即安排他爱人陈爱南担任我的教练。

陈爱南原是执教于省游泳队的优秀教练，能成为她的门徒，我不知有多高兴。

我想教练一定会抓紧时间马上给我传授游泳技术。然而，彭教练、陈教练却花了好长一段时间与我促膝谈心，给我讲霍金、张海迪等残疾人的故事，鼓励我树立“身残志坚，攻坚克难，创造精彩人生”的理想。他们还给我讲了一个优秀游泳运动员必须具备的综合素质，提出今后参加训练的要求和注意事项。从他们眼神里、话语中，我深深感到他俩既是严师，又像慈母。

名师就是名师，我在陈爱南教练指导下训练，游泳技术得到了迅速提高。20 多天后，湖南省残疾人游泳比赛在醴陵举行，我虽没有参赛资格，但彭承克教练安排我与比赛运动员一起进行成绩测验，出人意料，我竟打破省两项残疾人游泳纪录。

听到观众热烈的掌声，我感到有生以来从未有过的幸福，一个从前被人冷眼相看的残疾孩子变成了一个令人羡慕、受人尊敬的运动员，这感觉真是无法言表。我深深地拥抱了陈爱南教练，感谢她们夫妇为我人生打开了一扇窗，使我走出了残疾人的阴影，看到了人生的精彩。

摘金夺银，教练心血结晶

彭承克教练看到我在省残疾人游泳运动会上测验取得的好成绩，异常高兴，马上找我谈话，要求我戒骄戒躁，鼓励我要向更高的目标奋进。彭教练深知我的一条腿走路很不方便，便一次又一次向省体委周处长请求，多次与民政部门联系，恳请为我装上假肢。彭教练的软磨硬缠，终于感动了领导，民政部门为我装上了假肢。我仿佛感觉左腿失而复得，丢掉了拐杖，开始像正常人一样走路了，我激动得在彭教练面前哭了。我感谢党和政府，感谢有关部门，感谢彭教练。我暗暗地下决心，一定要拼死拼活，刻苦训练，创造更好的成绩为我市、我省争光，为祖国争光，报答彭教练，报答省体委和民政部门。

陈爱南教练为了使我得到更大的长进，查阅了很多资料，认真分析我的实际情况，专门为我制订了系统的培训计划。自

由泳、仰泳、蝶泳、蛙泳的要领，出发、转身、抓水、推水，呼吸的关键，以及怎样进行有氧训练、无氧训练都安排得十分具体。她还把系统培训计划分解落实到每个星期和每一天。她按计划指导，要求我严格训练，至今我还保存着7本叠起来有20厘米厚的训练纪录。陈教练象慈母，对我生活上十分关心，但在训练时，却是要求十分严格。她说："在游泳训练的辞典里，只有'刻苦'，没有'懈怠'；只有'合格''到位'，没有'差不多''基本上'。"有时候，一个动作硬是练上几百次，今天练，明天练，后天还是要继续练。

我只有一条腿，腿部力量不行，陈教练就千方百计地增强我的手部力量。醴陵游泳业余体校设备简陋，没有进行手部训练的设备，陈教练硬是一次又一次提着我的一条半腿，要求我进行用手走路的训练。每次训练下来，我全身大汗淋漓，陈教练也全身衣服湿透。

业余游泳体校给陈教练原有的教学和训练任务一点没有减少，培训我是她的额外负担，但她任劳任怨，每天早上班、迟下班。由于陈教练精心施教和严格要求，我的游泳成绩又得到了很大提高。1987年6月，参加湖南省第2届残疾人运动会，我获得男子截肢A4级100米仰泳、50米自由泳、100米自由泳三枚金牌，其中100米仰泳破该级别项目比赛成绩全国纪录，另两项自由泳都破该级别项目比赛成绩省纪录。同年8月，参加第2届全国残疾人运动会，获男子截肢A4级100米蝶泳，200米和400米自由泳3块金牌，打破了400米自由泳、100米仰泳和4×100米混合接力赛三项全国纪录。

游泳成绩的提高，进一步坚定了我为国争光的决心。1988年，我得知第8届世界残疾人奥运会在韩国汉城举行，我认为为国争光的机会来了。然而参加省里强化训练的预选队员名单中却没有我。我惊呆了，痛哭了。我哭着向彭教练夫妇求助。又是感谢彭教练，是他请求有关领导，同意让我自费参加强化训练。彭教练还请求好友周处长对我多加照顾，要求在省游泳队的儿子彭钢对我倍加关心。临走时，彭教练、陈教练既反复叮嘱我在省集训时应注意的事项，还给我零花钱。在省集训时，彭钢哥哥经常抽时间给我进行技术上的指点，又在生活上十分关心我。很多次在晚上集训后，他会送来水果和面包。省体委周处长爱我如子，生活上照顾无微不至。一个月后，国家体委下达汉城的奥运会参赛队员名单中，又没有我。感谢周处长专程赴京向国家体委请示汇报，力荐我出征汉城奥运会，终于感动国家体委的领导，周处长乘飞机赴汉城增补我为参赛候补队员。在这次运动会上，我获得男子A4级100米蛙泳比赛银牌。奥委会主席萨马兰奇热情地和我握手，把硕大而厚重的银牌亲自挂在我胸前，并用汉语称赞我“中国，好少年”。我深深地感到，作为中国运动员是多么令人骄傲。我无比感激彭教练、陈教练和周处长。

1989年7月，我荣幸地被国家体委选中，赴北京参加40天的强化训练。同年9月，我参加了在日本举行的远东及南太平洋地区第5届残疾人运动会，夺得游泳项目6枚金牌，并应邀做了两场精彩表演，获得了唯独中国才有的纪念奖牌。回国后，我受到党和国家领导人的亲切接见，湖南省、株洲市、醴陵市领导还为我举行了隆重而热烈的庆功表彰大会。

彭教练、陈教练夸我是“好样的”，表扬我勇于拼搏的精神。我说：“金牌里面不只有我的汗水，更是包含你们俩无私的爱，是你们倾注心血的结晶。”我不好怎样表达对他们俩的感恩，经过左思右想，我只好请求叫彭教练、陈教练“干爸”“干妈”。

梦想飞扬，源于教诲不忘

在日本比赛之后，我从游泳队伍中退役了。

彭教练、陈教练为我四处寻找就业岗位，没有结果。他们俩又帮我出主意找有关领导，连正月初一他都带我到有关领导家拜年提要求。通过他俩指点、引路和我的努力，终于感动了有关领导。1991 年，我被破格录用为民政局公务员，安排在残联工作。彭教练对我说：“你在国内外赛事中夺取了 39 枚金牌，希望你继续努力，再夺一枚今后事业辉煌的金牌。”他还叮嘱我要不忘记与自己遭遇相同的残疾人，多为他们做实事，做好事。

在工作中，我发现还有一大批像我一样的残疾人，本可以装上假肢重新站起来，却因为贫困，信息闭塞，无法摆脱拐杖用双腿站起来。1999 年，我做出令很多人不可思议的决定，辞掉有固定收入的稳定的残联工作，用比赛获得的奖金和所有的积蓄一共 40 万元，创办了佳满假肢矫形康复中心，招收的员工基本是残疾人和下岗工人。开始时我只想到要让更多的残疾人像我一样站起来。后来我觉得这还远远不够，我们不但要让残疾人站起来，还要像正常一样自如地行走，才会有更广阔的人生。我不仅要为残疾人安装假肢，还注重引导他们与假肢的磨合，教他们如何行走。为此，我带队到全国各地学习，制订了一整套的假肢康复训练计划。经过18年的打拼，我的康复中心已小有名气，现在我已是7家企业的法人代表，除了创办佳满假肢矫形公司、佳满康复医院，还开设了残疾人职业技术培训、养老、司法鉴定等方面的业务。

醴萍泳池，教练书写辉煌

我永远忘不了彭承克教练夫妇在我身上所花的心血，我也永远忘不了彭教练对醴陵和江西萍乡游泳事业做出的巨大贡献。

彭承克早在醴陵一中读初中时，就担任了学生会的文体部长，曾获醴陵跳高第一名、跳远第2名，他擅长游泳，是学校游泳队队长。1956年、1957年他带队参加省游泳比赛，均获得了团体总分第一名的好成绩，高中还没有念完就被选为省游泳队队员，并担任队长，参加了全国第1届游泳运动会，获得了较好成绩。

1959年，彭承克被省体委聘任为省游泳队教练。在省游泳队任教练条件优越，待遇丰厚，发展前途大。彭承克十分高兴，工作非常出色，被评为“优秀教练”。

当时，醴陵体委为了发展醴陵的游泳事业，十分看重彭承克这个难得的人才。他们一次又一次专门派人到省体委恳请调彭承克回醴陵任业余游泳体校教练。彭承克认为是醴陵这块热土养育了自己，为了报效家乡的父老乡亲，1962年6月他满怀激情地回到醴陵体委工作。

20世纪60年代初，国家正处经济困难时期，醴陵体委条件十分艰苦，设备简陋，连他睡的床也是一张烂床，更别说什么游泳池了。彭承克招收了几十个爱好游泳的青少年，每天在渌江河或郊区池塘进行教学与训练。由于他精心施教，队员们训练劲头十足，游泳成绩提高很快。1962年至1986年，他们参加湖南省游泳运动会，次次获得团体总分第一名。特别是1964年，省20个游泳比赛项目，醴陵竟有18个项目夺得金牌，其他两个项目也获得了银牌。1964年、1965年醴陵游泳业余体校连续被评为全省先进单位。为了改善条件，进一步提高醴陵的游泳成绩，彭承克经过多方努力，争取到省里拨款8000元，建起醴陵历史上第一个游泳池（但不久被特大洪水冲垮）。

1964年，彭承克教练组织业余游泳体校学生进行湖南体育史上第一次有组织的冬泳训练，有效地培养了学生“一不怕苦，二不怕死”的精神，延长了训练时间，有效提高了游泳成绩。时任省委书记张平化得知后，建议醴陵业余体校学生去长沙进行横渡湘江的冬泳表演。1966年1月1日，体校37名学生和省游泳队运动员一道冒着严寒横渡湘江成功，受到省委、各地（市）领导和观众的好评。

张平化书记亲切接见了冬泳队员。《湖南日报》为此发表题为《革命首创精神》的社论。

由于醴陵的游泳成绩突出，省里特拨款4万元给醴陵建游泳馆。同年彭承克被评为全国业余体校优秀教练。1966年5月，他光荣出席了全国优秀业余体校教练表彰大会，受到贺龙等党和国家领导人的亲切接见。1983年，醴陵游泳业余体校被评为全国业余体校先进单位，1985国家体委授予彭承克“新中国体育开拓者”荣誉奖章。

由于彭承克教练和业余游泳体校教练的努力，游泳成为了醴陵市骨干体育项目，先后为省游泳队、国家游泳队和高等院校输送了80多名优秀运动员。醴陵被省体委确定“湖南省优秀游泳运动员培训基地”。醴陵运动员多次在国内外赛事中获奖。

彭承克夫妇退休后，江西省萍乡市体委先后10次来醴陵，请他们发挥余热，到萍乡市担任游泳教练，以改变萍乡多年游泳落后的局面。彭承克被萍乡市体委的诚意感动而出任教练，经过他们夫妇的努力，第三年，萍乡市游泳业余体校获得了江西省青少年游泳比赛团体总分第1名的好成绩。1998年，他们在江西省运动会上获团体总分第2名，还培养运动员何丹丹夺取全国100米蛙泳的金牌。萍乡市业余游泳体校也因此被评为全国群众体育先进单位。

金牌之家，辉耀三湘四水

朋友，一家两三代人都从事体育工作的体育世家，你可能听说过不少；一家人中有几分之一的人得过金牌，你也可能听说过。但是一家两代人全是金牌得主，你可能没听说过吧？而我的教练彭承克、陈爱南却创造了一家两代人都是金牌得主的奇迹。

彭承克、陈爱南夫妇一家两代人包括儿子彭钢、儿媳刘虹、女儿彭今朝、彭红朝共6个人，有两个人是高级游泳教练（彭承克、陈爱南），有1人是国家一级游泳裁判（彭承克），有1人（彭钢）是国家游泳健将，有5人参加过全国游泳比赛（彭承克、陈爱南、彭钢、彭红朝、彭今朝），人人都夺过省级游泳比赛金牌，有7次打破省游泳项目纪录［陈爱南200米蛙泳和4×100米混合接力省纪录，彭钢打破4×100米接力、100米仰泳、400米混合泳、200米仰泳（两次）省纪录］。

2016年6月4日，是彭承克教练80岁生日，我没有什么好的礼物送给他，我写了一首不像诗的诗献给他，以表我的心意：

风尘劳碌八十春，耿耿忠心为人民。
爱生之情深似海，泳池功勋万世存。

古人云："仁者，福而寿。"现在彭教练已年届八旬，陈爱南教练也正在"奔八"，但两个人的身体很好，精神矍铄，容光焕发。我衷心祝愿二老晚年幸福，健康长寿。

（本文原载《醴陵文学》，2016年第3期）

泳池功勋万世存

——谨以此歌献给彭承克先生八秩华诞

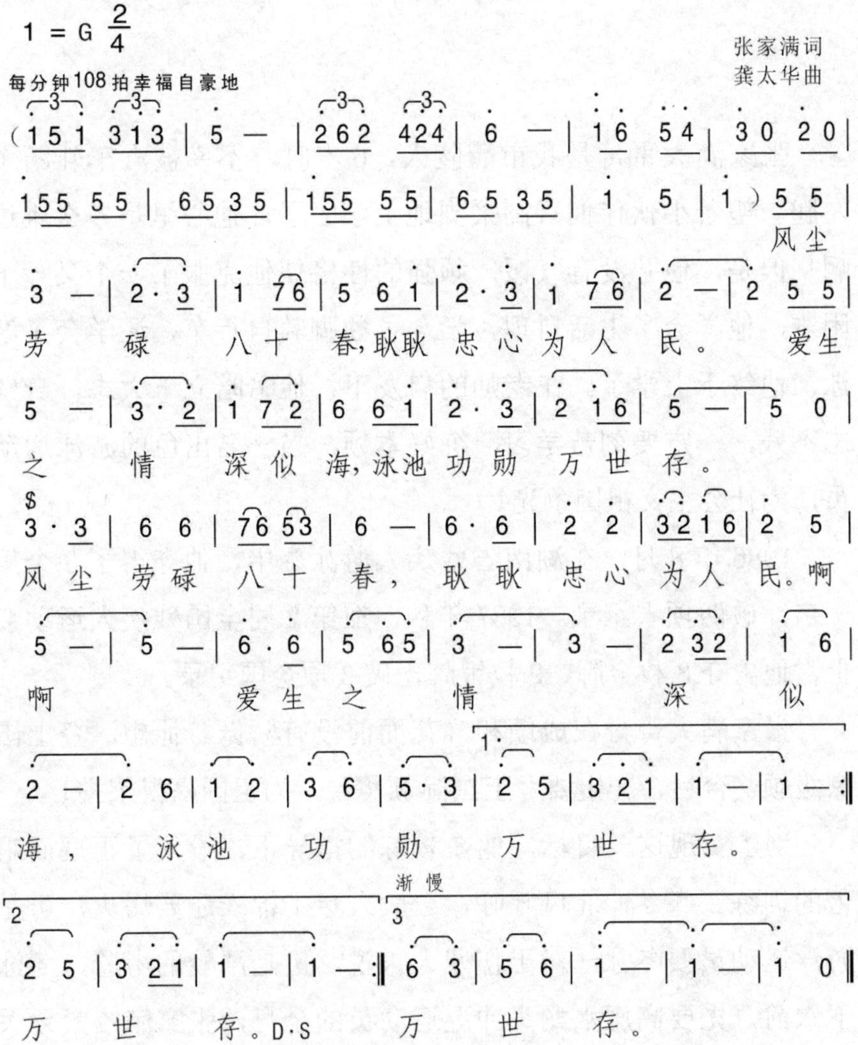

1 = G 2/4

张家满词
龚太华曲

每分钟108拍幸福自豪地

（151 313 | 5 — | 262 424 | 6 — | 16 54 | 30 20 |

155 55 | 6535 | 155 55 | 6535 | 1 5 | 1）55 |
风尘

3 — | 2·3 | 1 76 | 5 61 | 2·3 | 1 76 | 2 — | 2 55 |
劳 禄 八十 春，耿耿 忠心 为人 民。 爱生

5 — | 3·2 | 1 72 | 6 61 | 2·3 | 2 16 | 5 — | 5 0 |
之 情 深似 海，泳池 功勋 万世 存。

$
3·3 | 6 6 | 7653 | 6 — | 6·6 | 2 2 | 3216 | 2 5 |
风 尘 劳 禄 八 十 春， 耿 耿 忠 心 为 人 民。啊

5 — | 5 — | 6·6 | 5 65 | 3 — | 3 — | 2 32 | 1 6 |
啊 爱 生 之 情 深 似

1.
2 — | 2 6 | 1 2 | 3 6 | 5·3 | 2 5 | 3 21 | 1 — | 1 — :‖
海， 泳 池 功 勋 万 世 存。

2.
2 5 | 3 21 | 1 — | 1 — :‖
万 世 存。D·S

渐慢
3.
6 3 | 5 6 | 1 — | 1 — | 1 0 ‖
万 世 存。

附录六

他登上了国际领奖台

张家满大哥哥是我市醴陵人，6 岁时，不幸被汽车轧断了左腿。望着小伙伴们兴高采烈地上学去了，他心里是多么难过啊！但是，他并没有气馁，顽强的性格使他克服了一个又一个困难，他学会了生活自理，学会了独脚骑自行车，还学会了游泳，他终于上学了。在老师的启发下，他暗暗立下大志，身残志不残，一定要刻苦学习，练好本领，当一名出色的游泳运动员，为社会主义祖国争光！

1986 年 8 月，在湖南省残疾人游泳赛中，他夺得了 3 个第一名，破两项省纪录。1987 年秋，在第 2 届全国残疾人运动会上，他勇夺 3 枚金牌、2 枚银牌，破 3 项全国纪录。

张家满大哥哥在成绩和鲜花面前没有骄傲。他想，登上国家级领奖台后，一定要登上国际领奖台，为祖国赢得荣誉！

为了实现这一目标，他在教练的指导下，投入了正规而艰苦的训练。寒冬，北风呼呼，一般人穿了棉衣还要烤火，可是游泳运动员要冬泳，对于伤残人来说，更是严峻的考验，冬泳下水前，先要高压水龙头冲湿运动员的全身，张家满咬紧牙关挺着，然后跃入冰冷的水里。伤腿受了冰冷的水刺激，经常抽筋，每次是教练和队友把他扶上岸按摩。稍一恢复，他又下水继续游完规定的距离。夏天，烈日似火，每天要在水上游一万多米，体力消耗很大，训练下来，浑身像散了架一样。但是，他每天奋力地游着、游着……

“功夫不负有心人”，1988年秋，他在汉城举行的第8届世界残疾人奥运会上，首战告捷，登上了国际领奖台，获得银牌。1989年9月，在日本举行的第6届远东及南太平洋地区的残疾人运动会上，他沉着应战，奋力拼搏，又一举夺得6枚金牌、两枚纪念牌。

在神圣的国际领奖台上，张家满大哥哥望着冉冉升起的五星红旗，在雄壮的国歌乐曲声中，昂首挺胸，让胸前印着的“中国”二字和一长串金牌，在摄像机前，在世界各国人们眼前，闪耀着夺目的光芒。

思考和练习

1.张家满在国际比赛中获得了哪些成绩？为什么能获得这些成绩？

2.你怎样向张家满大哥哥学习？

（株洲市小学乡土教材《思想品德》三年级第五册第四课）